"……바보. 너는 천하에 다시없을 바보야."

"글쎄요. 여동생, 기녀. 이 두 단어를 떠올리면 가슴 한구석이 저려서요."

“진 오라버니는 안 죽었어요.”
“설영아…….”
“언제고 곁에 있어 준다고 했어요. 그전까지는 절대 죽지 않아요.”

천하제일 이인자 10

글 : 월영신
그림 : REUM

시드
북스

一. 무명 무인의 죽음

검각으로 향했던 흑사련주는 뒤늦은 무림맹의 개입으로 회군할 수밖에 없었다.

일거에 검각을 지워 버릴 수 있음에도 멈춘 이유는 손에 들린 천마지검의 반쪽 때문이었다.

무공이야 후일을 기약하면 그만이다.

검각이 존재하는 한, 검후가 검각에 남아 있는 한, 무공은 언제고 취할 수 있는 주머니 안의 물건이나 다름이 없었다.

"후후후. 천마지검, 과연 고금제일인을 자칭하던 천마의 검다워. 비밀만 풀면 무극으로 가는 마지막 심득을 얻게 되는 검이라."

무극.

무의 마지막 경지.

전인미답의 경지에 발을 딛는 순간 자연히 무림 천하를 발아래 둘 것이다.

검각이나 구파일방은 물론이요, 단일 문파로 최강이라 칭해지는 마교라 한들 어찌 상대가 되겠는가.

반검을 살피는 련주 앞에는 천지육마가 부복하고 있었다.

그들의 안색은 눈에 띄게 어두웠다.

주인의 심기를 거스르지 않으려 애쓰며 삼마가 조용히 읍을 했다.

"련주님, 혹여 그자를 찾아내지 않아도 되겠습니까?"

그자. 검각으로 가는 길목에서 단신으로 흑사련 정예를 가로막았던 무인.

천하 십대 고수를 눈 아래로 보는 삼마조차 다시 만나고 싶지 않은 괴물이었다.

육마들을 돌아보며 흑사련주가 단언했다.

"녀석은 확실히 죽었다."

련주의 단언에도 육마는 다급히 머리를 조아리며 고했다.

"혹시 살아 있을지도 모릅니다."

"굉장한 고수였습니다. 본련의 정예 칠십을 단신으로 도륙했으니, 마땅히 흔적을 찾아 후환을 없애는 쪽이 좋습니다."

"시체를 찾아 매질을 한 후에 자근자근 밟아야 성이 차겠습니다."

자신이 단언을 했음에도 겁먹은 아이처럼 졸라 대는 육마의 모습은 전에는 볼 수 없는 모습이다.

"걱정할 바 없다고 했다. 꽤 끈질긴 놈이었지만 지금은 황천의 자갈밭을 걸어가고 있을 테지."

련주와는 다르게 삼마는 걱정이 되어 통 안심할 수가 없었다.

'다 죽어 가던 놈이 벌떡 살아서 도망쳤지.'

'절벽이 아니었다면 무사히 도망쳤을지도 모르는 놈이야.'

'단전이 박살난 놈의 목을 베려다가 크게 당할 뻔했지. 련주님을 믿지 못하는 것은 아니지만 두 발 뻗고 자려면 방법이 없다.'

삼마는 다 죽였다고 생각했던 놈이 갑자기 검강을 날리고 도망치는 기괴한 경험을 한 터였다. 도무지 진정이 되질 않고, 등골이 서늘해 참을 수가 없었다.

몸에 수십 개의 표창과 암기를 박고, 피를 철철 흘려 가며 무지막지하게 도망을 치는 놈이 내공은 어찌나 초절한지 지치지도 않았다.

뒤를 추격하느라 젖 먹던 힘까지 다해야 했다.

그것만으로도 힘들었는데, 가끔씩 몸을 돌려 무지막지한 검환을 던져 대는 통에 난생처음 곤궁에 빠질 뻔하기도 했다.

급기야 련주가 쫓아가 단전을 부수고, 기혈을 박살 냈음에도 힘이 남아돌아서 반격을 하던 독종이다.

검을 빼앗긴 채 죽어 가는 듯 보여 확인 사살을 하려 했었던 오마, 완불패검 탁중양은 벌떡 일어나 목덜미를 물어뜯은 놈 때문에 아직도 목에 붕대를 하고 있었다.

검에 찔려도 피 한 방울 나지 않던 호신강기를 부수고, 목덜미를 물어뜯던 녀석은 가히 인세에 내린 생명체라고는 도무지 믿기지 않았다.
'천하, 아니, 고금을 통틀어도 그렇게 무식한 놈은 처음 봤다.'
'녀석은 인간이 아닐 거야. 바퀴벌레보다 더한 생명력을 지녔어. 잡초 같은 자식.'
'하늘이 무너져도 살아날 놈이었지.'
폭풍천검 낭극광은 끝도 모를 내력에 공력 싸움을 걸었다가 낭패를 당했던 기억을 떠올리며 몸을 부르르 떨었다.
우물쭈물하는 삼마를 내려다보며 련주가 혀를 찼다.
"멍청한 놈들! 천하 십대 고수를 발아래로 둘 녀석이 고작 아이를 두려워하다니!"
전과 같으면 련주의 말이라면 개구리로 사철탕을 끓인대도 믿었던 수하들이 일제히 머리를 박았다.
"죄송하지만, 주군. 녀석은 아이가 아니라 괴물이었습니다."
"경동맥이 나가서 죽을 뻔했습니다."
"부디 척살령을 내려 주십시오!"
전에 없이 애걸복걸하는 그들을 보며 련주가 인상을 썼다.
"본좌의 음양쌍절수에 전신이 뭉그러지고, 내력으로 내부를 아예 곤죽을 만들었다. 살아날 수도 없거니와 살아난다고 해도 시체가 따로 없을 자를 두려워하다니, 그러고도 천하 제패를 말할 수 있단 말이냐!"
섬뜩한 안광을 발하며 련주가 노호를 질렀다.
"천장단애에서 본좌가 친히 심장에 손을 박고, 단전에

검을 쑤셔 넣었다. 화타나 대라신선이 온다 해도 살아남을 수 없다."

련주의 단호한 말에도 표정들이 나아질 기미가 보이지 않았다.

말이 틀린 건 아니었다. 그들은 분명 천장단애에서 괴물의 마지막을 지켜봤다.

도망과 추격으로 걸레가 된 몸을 가지고도 녀석은 히죽 웃었다.

웃으면서 제 할 일을 다 했다고 앙천광소하며 천장단애로 몸을 훌쩍 날렸다.

너무나 만족한 기쁨의 웃음이자 괴소라 부를 만한 웃음이었기에 련주가 허공을 밟고 날아올라 심장에 주먹을 박아 넣고, 단전에 천마지검 반쪽을 쑤셔 박기까지 했다.

하지만 마음을 놓을 수가 없는 것이다.

불안감을 감추지 못하는 수하들을 돌아보며 못마땅한 듯 인상을 찌푸린 련주가 한마디 했다.

"삼 년이다. 삼 년! 천마지검의 심득을 이어받을 그날, 천하는 피로 씻길 것이다. 너희들 또한 그 전까지 스스로의 무공을 갈고닦아 그와 같은 자가 나타나도 두려워하지 않을 실력을 길러야 할 것이다!"

련주의 말을 듣고서야 그제야 육마의 표정이 평소대로 돌아왔다.

하긴, 예측 불허의 녀석이긴 했지만 상대를 이예 못 할 정도가 아니지.

지나칠 정도로, 아니, 도를 훌쩍 넘길 정도로 무식하고 독종 같은 기백에 눌린 것이지 무공으로 따지자면 붙어 볼 만한 실력이다.

또한, 시간이 넉넉하니 강해지면 된다.

아직 모두 흡수하지 못한 련주의 심득과 영약의 힘이라면 더욱 강해질 여지가 충분했다.

'하긴. 녀석이 살아 있다고 해도 몸을 회복할 시간에 우리가 강해지면 되지.'

'다시 눈에 띄면 박살을 내 준다.'

'목덜미를 물어뜯었으니 다음번에는 아예 씹어 먹어 주마.'

련주라는 마음의 기둥의 힘으로 서서히 눈에 생기가 돌아오는 그들은 속으로 복수를 다짐했다.

그제야 한결 가라앉은 어조로 련주가 반검을 역수로 쥐며 기관을 눌렀다.

쿠구구구구.

공동이 진동하며 시커먼 어둠이 입을 열었다.

"삼 년 후를 기약하니, 후일에는 오로지 흑사련의 깃발만 남으리라."

천하의 피바람을 예고하는 련주의 선언에 천지육마가 부복하며 외쳤다.

"천하 앙복! 흑사천세!"

"흑사천하! 만세 만세 만만세!"

수많은 흑사련도들의 마중을 받으며 련주가 어둠 속으로 녹아들고 이내 폐관 수련관의 문이 닫혔다.

* * *

의문의 단체로 인해 막대한 타격을 받은 무림맹은 발칵 뒤집어졌다.

아홉 문파가 쑥대밭이 되고, 검각마저 위급한 지경에 처했다.

채 등장이 알려지기도 전에 무시무시한 파괴를 일삼고 홀연히 사라지자 중인들은 경악했다.

무력만 놀라운 것이 아니었다.

어찌나 신출귀몰하게 움직이는지 개방과 무림맹의 조사대가 부랴부랴 발에 땀띠가 나도록 돌아다니고도, 하늘로 솟았는지 땅으로 꺼졌는지 흔적조차 찾을 수 없는 것이 문제였다.

적이 보여야 대책을 세울 것이 아닌가.

덕분에 맹주가 머무르는 심양각에서는 성상혁의 노성이 가실 날이 없었다.

"아직도 적들의 종적이 밝혀지지 않았소?"

맹주의 일갈에 구파일방의 장로들이 일제히 고개를 박았다.

"단 스무 날 만에 아홉 문파가 멸문을 당했고, 검각이 풍전등화에 빠졌소. 이토록 무서운 세력이 지금껏 암약할 동안 정체조차 파악한 분이 아무도 없었다 이 말이오?"

맹주의 노호성에 굉면자가 은근슬쩍 화살을 개방으로 돌렸다.

"개방에서도 하지 못한 일을 어찌 저희들이 합니까?"

중인들의 시선이 일제히 자신에게 향하는 가운데 취선개가 버럭 화를 냈다.

"우리 애들 수백이 죽었는데 너무 닦달하지 마라!"

"적이 등장했으면 개방이 조사해야지. 방도의 희생이 컸다면 당연히 더욱더 조사에 힘써야 마땅하지 않겠나?"

"굉면자 이 호랑말코 도사 놈아! 우리 애들이 밑 빠진 구멍에 물 붓듯 사라지는데 그냥 희생만 시키란 말이냐?"

"정도 무림을 위해서 작은 희생은 당연한 거다!"

"미친 말코야! 공동파 애새끼들은 싸가지가 없으니 전부 뒈져도 작은 희생이지만, 본 방의 귀여운 거지들은 한 마리만 죽어도 큰 희생이란 말이다!"

"뭐라고? 이 근본도 모르는 거지새끼가!"

"부처랑 원시천존도 구분 못 하는 덜떨어진 자라 새끼야!"

당장에 탁자를 뛰어넘으려는 둘을 만류하며 성상혁이 탁자를 치고 나서야 둘이 씩씩대며 물러섰다.

"개방에서는 지단에 대한 정보라도 얻었지. 노고에 감사를 하는 바요."

"뭐, 맹주. 그렇게까지 말해 주신다면 참 감사하겠소."

어색하게나마 고성이 잦아들자 제갈백여가 나섰다.

"개방만 탓할 것이 아닙니다. 맹에서도 백방으로 찾았지만 적의 종적조차 파악하지 못하고 있지요. 상대는 치밀하게 준비를 했단 뜻입니다."

화산파 천강역 장로가 팔짱을 끼며 말을 받았다.

"어차피 사라졌다고 해도 언젠가는 나타나지 않겠소? 목적이 무엇인가만 파악하면 되겠지. 솔직히 화산파는 그들이 다시 나타난다면 전과 같이 당하지 않을 자신이 있지."

"하긴, 생각보다 강하긴 하지만 본 문에서 방비를 못 한 탓에 손을 쓰지 못해 당했던 거요. 알았다면 박살이 난 쪽은 놈들이었을 거라 장담하오."

"당한 문파들이 약했으니까 쉽게 당했지. 본 파의 일개 부대만으로도 쓸어버릴 수 있을걸?"

의견이 갑자기 멸문한 문파의 탓으로 몰아가자 제갈백여가 목소리에 힘을 주며 나섰다.

"천하의 검각마저 풍전등화의 위기에 놓였습니다. 쉽게만 볼 일이 아닙니다."

"하하하. 검각이 대단하다 한들 어차피 세외에서나 통할 뿐이지."

"여자들의 문파가 얼마나 대단하다고 군사는 그러시오. 허명이라오, 허명."

검각은 제법 거리가 멀어 그들과 교류가 적다.

때문에 그들은 검각의 정확한 전력을 파악조차 할 수 없었다. 더군다나 자부심 높은 구파일방의 장로들이 애초에 검각을 동등하게 여길 리 없었다.

이 자리에 모인 대부분이 긴장감을 느끼지 못하는 이유 중 하나였다.

그나마 아미파는 여인들만의 문파라는 특성상 검각과 교류가 깊었지만, 아미파 파견 장로 복마신니 선린은 잠자코 있었다.

'막 어르신께서 계신데 검각이 밀렸다면 쉽게 볼 일이 아니지만 일단 두고 보자. 구파의 장로들도 바보가 아니니 언젠가 알게 되겠지.'

기실 선린은 생긴 것과 다르게 너무나 낯을 가렸다.

그녀의 침묵에 힘이 실린 회의는 낙관론 쪽으로 흘러가고 있었다.

너무나 안이한 태도에 제갈백여가 언성을 조금 높였다.

"호랑이는 토끼를 잡는 데도 전력을 기울인다 하였습니다. 하물며 적은 토끼보다 강대하고, 호랑이보다 강대하며, 숨어 있는 적입니다. 쉽게 봐선 안 됩니다."

"군사는 걱정도 많군. 고작 본 맹 무력 부대 두 개가 두려워 줄행랑을 친 놈들 아닌가?"

"별것도 아닌 일에 힘쓰지 맙시다, 군사."

굉면자와 조양익이 나서자, 다른 장로들도 찬동했다.

더 이상 말이 통하지 않자, 제갈백여는 숨겨 두었던 패를 꺼냈다.

"적도들이 도망친 이유는 의문의 고수 때문이지 맹의 무력 부대 때문이 아닙니다."

"대단한 고수?"

"정보단에 따르면 천하 십대 고수에 필적하는 고수가 나타났다고 합니다. 그가 아니었다면 검각의 위급은 쉽게 넘어가지 못했겠지요."

"하. 하. 하. 농담이 심하군. 십대 고수가 뉘 집 애들 이름인가? 하늘에서 뚝뚝 떨어지게?"

"뭔가 착각했겠지."

장로들이 짐짓 호탕하게 웃어넘겼지만, 지금까지와 같이 태평한 기색은 많이 사라졌다.

십대 고수의 수준이라면 심검의 초입에 든 초인이다.

구파일방에도 소림과 무당, 화산을 제외하고는 감히 적을 올릴 생각을 못 하는 지고한 경지의 무인은 등장만으로도 괄목할 만한 일이 아닐 수 없었다.

하지만 굉면자는 여전히 불신이 가득한 어조로 설토를 그치지 않았다.

"십대 고수라니, 정보단이 잘못 파악한 게 분명하다. 본문의 장문인에 필적하는 무공을 이름조차 알려지지 않은 무명 무사 따위가 어떻게 얻었겠나?"

취선개가 빈정대며 끼어들었다.

"십대 고수를 보유한 문파는 소림과 무당, 화산파뿐이지. 굉면자, 언제부터 공동파 장문인이 십대 고수에 들었나?"

"닥쳐라, 취선개!"

기 싸움을 벌이는 둘을 무시하며 곤륜파 조영 도인이 입을 열었다.

"군사의 말씀은 이해하겠소. 하지만, 천하 십대 고수에 필적할 무공이라니, 쉬이 믿기는 힘든 노릇이군."

"정황상 확실하게 파악이 되었습니다."

"정황은 정황. 어디까지나 탁상공론일 뿐이지. 군사께서는 어찌 그자를 데리고 오지 않는 건가?"

"그게…… 죽었습니다."

"그것 보게. 절대 고수였다면 쉽게 죽을 리 없지. 나 또한 만인 대군 안에서 유유히 살아 돌아올 자신이 있는데 천하 십대 고수가 쉽게 죽을 리가 있나?"

"일류 고수 칠십 명을 단신으로 도륙했던 자입니다."

"일류 고수가 아니라, 이삼류 무사들이었겠지."

끝까지 조영도인이 깎아내리며 나섰다.

곤륜파에 자부심이 투철한 그로서는 문파의 역사에도 몇 존재하지 않은 극강의 무인이, 고작 떠돌이에 무명인이라는 사실을 믿을 수가 없는 것이다.

천강역도 조영 도인을 거들고 나섰다.

"고수의 실체가 사실이라 해도 놈들은 일류 고수 칠십을 잃었다는 이야기군. 전력도 턱없이 과대평가되었겠지만, 사실이라 해도 나쁜 일은 아니야. 일류 고수 칠십을 잃은 타격을 회복하려면 수십 년은 걸릴 테니, 다시는 나타날 생각을 못 하지 않을까?"

말이 통하지 않자 제갈백여가 맹주에게 구원의 눈길을 보냈지만, 이번만큼은 성상혁도 제갈백여가 무리수를 두었다고 생각했다.

'일류 고수 칠십 명을 한꺼번에 상대하는 자라니, 군사가 무리를 하는군.'

듣기로는 고작 약관의 어린아이였다고 했다. 뱃속에서부터 무공을 익혀도 불가능하단 소리다.

되지도 않는 이야기를 들먹이며 애를 쓰는 제갈백여가 딱해 보였는지 현진자가 조용히 물었다.

"군사께서는 혹시 적을 상대할 비책이 있어 결전을 주장하시는 것이오?"

"칠대세가와의 연계가 필요합니다."

이번에는 하품하며 회의에 참석을 하고 있지 않던 이들까지 모조리 반발하며 나섰다.

"그것은 안 될 말이오. 칠대세가는 속세에 물든 무리이니, 잇속만 챙길 거요."

"이문이 끼어들 여지가 있으니, 어찌 오롯이 정기를 세울 수 있을꼬?"

"제갈세가 또한 칠대세가의 일원이라 두둔하는 것이 아니겠소이까, 군사?"

적반하장격의 반응에 제갈백여는 답답하기만 했다.

"유비무환이라고 했습니다! 적의 정체를 파악하기 전부

터 준비를 해 두어야 합니다."

역시 오늘도 언성만 높이고 마땅한 결론이 나올 것 같지 않자 성상혁이 시급히 사안부터 해결할 요량으로 말을 가로챘다.

"군사의 말도 일리는 있지. 하지만, 지피지기 백전백승이지. 그간 신투의 비동이니, 남궁세가의 비극이니 하는 일로 정기가 많이 훼손되었소. 갑자기 무사들을 모으면 평화로운 일상도 끝이라는 걸 만천하에 공개하는 꼴이 되오. 일단 적을 알고 준비를 하는 것이 좋겠네."

절충안이 나오자 회의장의 고성이 뚝 그쳤다.

좌중을 둘러보며 맹주패를 든 성상혁이 근엄한 어조로 선언했다.

"일단 맹의 대응은 적의 전력을 파악한 이후로 미루겠소. 지금 당장 개방에서 입수한 정보를 토대로 지부에 무사들을 파견하고 의심 가는 자들을 잡아들이라고 하시오."

미봉책이 마음에 들지는 않았지만, 당장에 손쓸 도리가 없는 제갈백여로서는 받아들이는 것 외에 딱히 방법이 없었다.

"맹주님의 명을 받습니다."

방안이 마련되자, 무림맹에서는 은밀히 무력 부대를 소집해 각지로 보냈다.

개방도들이 그들을 이끄니, 당장에라도 소란의 주범들은 구석에 몰린 것만 같았다.

아직은 아무도 깨달은 이가 없었지만, 실로 어처구니없는 결과였다.

* * *

구파일방과 칠대세가가 주축이 되어 무림맹 무사들이 문을 나섰다.

향하는 곳은 모두 스물네 곳.

서른여섯 곳의 암중인 지부에서 정파의 영역에 속하는, 비교적 상대하기 쉬운 장소였다.

"으하하! 악적들아! 본 공자의 검을 받아라!"

현룡대 조장 일광십팔초 누학이 기세 좋게 달려 나가며 장원의 문에 검을 휘둘렀다.

검기가 서린 일격에 대문이 쩌억 갈라지며 양옆으로 쓰러졌다.

"당장 진입해 적을 무력화시킨다."

뒤이어 삼백 무림맹 무사들이 썰물처럼 일사불란하게 밀려들었다.

과연 무림맹의 상승 무력 부대다운 모습이었지만, 그들은 이내 당황했다.

"어라?"

장원을 이 잡듯이 뒤진 수하들이 알려 왔다.

"장원에는 아무도 없습니다. 그야말로 텅 비었습니다."

"가재도구들을 두고 튀었습니다. 살펴보았지만, 아마 순식간에 도망친 모양입니다."

"개미 새끼 한 마리 보이지 않습니다."

"그게 무슨 소리야? 어제까지만 해도 놈들은 눈치도 못 채고 있었잖아!"

"막 떠난 듯 아직 방에 온기가 남아 있습니다."

"이게 어떻게 된 노릇이지?"

수하의 보고에 누학이 미간을 짚었다.

'역정보를 흘렸구나. 제대로 당했다.'

이렇게 손 놓고 있을 수는 없다. 급히 마음을 수습하며 수하들에게 지시했다.

"이익! 말도 안 돼! 방금 전까지 감시를 했던 놈들이 어디로 사라져? 비밀 통로가 있을 것이다! 어서 찾아!"

싸우기 위해 달려든 삼백 무림맹 무사들이 이번에는 곳간을 뒤집고, 먼지를 뒤집어쓰며 문을 찾기 시작했다.

내실의 여러 방 중 하나에서 침상 뒤쪽에 난 비밀 통로를 발견한 것은 그로부터 두 시진이 훌쩍 넘은 후였다.

"조장님, 이쪽에 길이 있습니다."

다가가 살펴보니 어찌나 교묘하게 감추어졌는지 기가 찰 노릇이었다. 더욱 답답한 것은 엄밀한 기관 장치 때문에 도무지 열 방도가 없다는 것이다.

전투만 생각한 터라 상주 진법가나 기관사를 데려오지 못한 탓이었다.

"이거 하나하나 해제하다가는 날을 새우겠다. 모두 달려들어 두들겨 부숴라."

각자 검으로 때리고 부수자 천장이 통째로 흔들리기 시작했다.

"으억! 이게 뭐야?"

"입구가 무너지게 되어 있는 기관인 모양입니다."

"이런 빌어먹을!"

방이 무너지고, 잔해를 들추고 났을 때는 또 두 시진이 훌쩍 넘은 시간이다.

바보라도 멀리 도망쳤을 시간이지만 누학은 포기할 수가 없었다.

"이익! 녀석들이 도망친 방향이라도 찾는다!"

낑낑대며 난리를 피우고 뒤늦게 쫓아 봤지만, 비밀 통로 안에 설치된 조잡한 기관에 걸려 버렸다.

"크악! 내 팔!"

"조장님, 기관이 있습니다."

독까지 세밀하게 발린 암기가 날아오는 기관에 누학은 핼쑥하게 질렸다.

"도, 도무지 안 되겠군. 일단은 맹으로 복귀해 상황을 보고한다."

결국 어깨를 늘어트리며 귀환하는 것 외에는 달리 방도가 없었다.

*　*　*

스물네 개 지단을 습격한 무림맹의 무력 부대들은 한순간에 사라진 적 때문에 발을 동동 굴렀다.

적들은 기다렸다는 듯이 무력 부대에 기관과 암기를 잔뜩 선사하고는 도망쳤던 것이다.

"머리카락 하나 보이지 않습니다."

"임무는 실패입니다."

속속들이 돌아오는 보고에 무림맹은 다시 한번 아연해졌지만, 땅으로 꺼졌는지 하늘로 솟았는지 파악하기 힘들다는데 무어라 해야 할까.

만박이라고 불리던 제갈백여마저도 예상치 못한 신속한 도주였다.

"면밀히 길목을 막았거늘, 설마 움직임을 대비하고 비밀 통로를 뚫어 놓았을 줄이야. 당장에는 손쓸 방법이 없겠습니다."

어이가 없기는 맹주를 비롯한 수뇌부들도 마찬가지였다.

"끙, 이토록 신출귀몰한 행동이라니. 마치 본 맹의 대응을 손바닥 보듯 하고 있지 않고서야……."

"그렇습니다, 맹주님. 당장에 무사들을 보내야 합니다."

"저들의 저의를 알 수가 없으니 보다 확실한 대책이 필요합니다."

중구난방으로 토로를 하는 가운데 현진자가 일전의 대안을 끄집어냈다.

"역시 칠대세가와 연계를 해야 하지 않을까?"

굉면자를 비롯한 보수파 수뇌부들이 반발했다.

"맹의 행사가 두려워서 두 번이나 도망친 놈들이 무슨 배알이 있어 다시 나타나겠나?"

"싸워 보지도 않고 꽁지 빠지게 도망쳤지. 겁쟁이들을 두려워한다면 천하가 비웃을 거야."

직접 흑사련의 무력을 경험하지 않은 이들은 대수롭지 않게 넘겼다.

어차피 혈풍이 그치지 않는 강호이니 잊는 것도 쉬웠다.

무림맹과 정도 대부분이 적에 대해서도, 그리고 무명 고수에 대해서도 잊었을 때 즈음.

아직 그들의 행적을 찾는 이들이 있었다.

* * *

왕사는 개방의 거지들을 데리고, 아예 귀주를 들쑤시고 다녔다.

떼를 써서 총단에서 분양받은 새끼 거지들까지 줄줄이 불러다가 나무 하나, 풀 한 포기까지 정밀히 조사하도록 닦달을 했다.

그러나 원했던 소식은 도무지 들려올 기미가 없다.

오히려 불안한 대답만이 들려왔다.

"아무래도 죽은 것 같습니다."

"아니야, 뭔가 잘못된 것이 틀림없어. 이렇게 쉽게 죽을 놈이 아니야."

"만신창이가 된 채로 단애로 떨어졌습니다. 여기까지 살아서 도주한 것만 해도 대단한 겁니다."

"개소리!"

왕사가 소리를 버럭 질렀다.

"취구독종이 어떤 놈인데? 염라대왕한테 잡혀가도 외려 바닥에 메치고 돌아올 놈이야!"

왕사의 꼴은 말이 아니었다.

평소에도 참으로 거지 같았지만, 이제는 상거지 중의 상거지가 따로 없었다.

급하게 달려온 터라 의복은 움직일 때마다 먼지가 풀풀 날렸고, 여기저기 찢어져 살이 보인다. 하지만, 마주한 믿을 수 없는 현실에 그는 자신의 몰골을 인지하지 못하고 있었다.

등을 떠밀어 수색을 종용하는데 이번에는 줄을 타고 아래쪽까지 내려갔던 거지가 달려왔다.

"왕거지, 아무것도 없소."

참지 못한 왕사가 벼랑 끝으로 달려가 아래를 내려다보았다.

절벽의 까마득한 아래에는 언뜻언뜻 격류가 휘몰아치는

게 보였다.

이 높이에서 떨어지면 제아무리 외공의 고수라고 하더라도 즉사다.

살아서 떨어졌다고 해도 수면에 부딪히는 순간 뼈와 기혈이 박살이 날 것이며, 격류에 몸이 찢겨 나갈 것이다. 하물며 단전이 박살 나고, 전신에 중상을 줄줄이 달고 다녔다면.

살아 있을 가능성은 처녀가 애를 밸 가능성보다 희박했다.

"으으으, 취구독종. 정말 어떻게 된 거냐. 정말 죽은 거냐?"

당장에 튀어나와서 유설영을 찾을 것만 같은 진백천을 떠올리며 왕사가 입술을 물어뜯었다.

"아니야, 죽었을 리가 없지. 그놈이 어떤 놈인데…… 죽었을 리가 없잖아."

혼잣말을 중얼거리는 왕사는 반미치광이 같았다.

보다 못한 사결 거지가 나섰다.

"왕거지, 이미 수십 일을 수색하고 또 수색했소. 도무지 흔적을 찾을 수 없으니, 포기합시다."

"거지같은 소리 말고 닥쳐. 종삼! 당장에 아래쪽을 다시 살펴봐!"

"취구독종은 죽었소."

"닥치란 말이야! 잔말 말고 다시 내려가! 내 눈앞에 녀석을 데려오란 말이다!"

악을 쓰는 왕사를 보며 수색을 하던 거지들이 고개를 저었다.

*　*　*

북경에서 막 돌아갈 채비를 하던 남궁수아에게 밀영대원이 찾아왔다.

밀영대원은 흑의를 입고 팔에는 흰 천을 묶었는데, 그 의미를 알고 있는 남궁수아는 불안감에 어깨를 떨었다.

아니나 다를까. 굳은 얼굴로 다가와 부복한 밀영대원이 조심스럽게 입을 열었다.

"……진 소협이 죽었습니다."

"아아……."

남궁수아의 신형이 휘청거렸다.

"언니!"

모용희미가 남궁수아를 부축하는 동안 모용진을 비롯한 이들은 난데없는 소식에 할 말을 잊었다. 며칠 전부터 남궁수아가 침울해해서 이상하게 여기긴 했지만 진백천의 죽음을 생각한 사람은 아무도 없었다.

특히, 꽤 진백천을 마음에 들어 했던 제갈서유는 재미없는 농담을 들었다는 투로 어색하게 입꼬리를 끌어올리고 있었다.

"하하하. 무슨 오해가 있었나 보군요."

"그러게 말이다. 차라리 진가 놈을 잡아가던 저승사자가 심장 마비 걸려 죽었다면 몰라도 놈이 죽을 리가 없지."

팽조욱 또한 코웃음을 치며 넘겼지만, 밀영대원은 그저 고개만 숙일 뿐이었다.

그제야 사람들은 진백천의 죽음이 농담이 아님을 직감했다.

"말도 안 돼. 진가 놈이 죽다니."

"믿을 수 없다. 세상에서 죽지 않을 놈을 꼽으면 첫 손가락에 꼽힐 놈이잖아?"

남궁수아가 아찔한 가운데 신형을 가누며 힘겹게 입을 열었다.

"검각은…… 검각은 어떻게 되었지요?"

"검각은 살아남았습니다. 개방에 따르면 진 소협이 단신으로 흑사련을 막아 내고 장렬히 산화했다고 합니다."

"결국…… 그렇게 되었네요."

남궁수아의 처연한 목소리가 조용히 울렸다.

조용히 흐르는 눈물은 그녀가 이미 모든 사실을 짐작하고 있다는 방증이다.

"바보, 바보 같은 놈. 이 무심한 놈아."

애초에 싫다고 가 버린 놈이다.

달빛 아래 웃던 마지막 얼굴은, 행동은, 그 모습은 아직까지 뇌리에 생생하다.

어렸을 적 웅패권에게서 자신을 지켜 줬을 때 이후로, 언제나 두근거리게 했던 호박꽃 같던 남자.

따스함을 주던 진백천의 그 미소는…….

이제는 다시 볼 수 없게 되었다.

"……바보, 너는 천하에 다시없을 바보야."

뜨거운 눈물은 한동안 그칠 줄을 몰랐다.

* * *

쨍그랑.

개방도가 전해 온 이야기를 듣던 검후는 뒤를 돌아보며 깜짝 놀랐다. 시선 속에는 차를 내오던 유설영이 망연자실한 얼굴로 서 있었다.

큰 두 눈에 불신이 어리고, 가져오던 찻잔은 발치에 뒹굴어 신과 치마를 흠뻑 적시고 있었다.

가능한 숨기려 했는데…… 늦었구나.

입술을 깨물며 검후가 유설영에게 다가갔다.

"……설영아."

큰 눈을 깜빡이지도 않고 유설영이 입술만 달싹여 물었다.

"거짓말이죠?"

"설영아…… 진정하여라."

"……사부님…… 태사부님…… 거짓말이죠?"

"……."

막여령은 고개를 떨궜다.

솔직히 대충 예상은 했다. 검각의 최고수인 자신이 고전했다.

자신과 평수를 이룰 만한 무인이 셋에, 감히 추측할 수 없는 강자가 있었다.

또한, 아래에는 무수히 많은 고수들이 밀려오고 있는 상황이었다.

진백천이 살아 있다면 오히려 이상했을 정도다.

그만큼 암담했다.

“거짓말이라고 말해 주세요. 곧 도우러 간다고. 잘 피해 있겠다고 말했잖아요.”

“설영아, 너무 흥분했다. 진정하여라.”

“진 오빠는 거짓말을 하지 않아요. 언제나 제 곁에 있겠다고 말했어요!”

“아직 확인된 사항이 아니다. 조금 더 기다려 보자꾸나.”

말은 그렇게 하지만, 솔직히 검후나 막여령이나 진백천의 생존 가능성은 낮다고 점치고 있었다.

녀석의 실력을 믿지 않는 것은 아니지만, 적이 너무 나빴다.

사방에서 죄어 왔던 적을 생각하면 막여령도 깜짝깜짝 놀랐을 정도였다.

직접 정예를 편성해 구원하러 갔었지만, 한발 늦게 도착한 그녀가 본 것은 흥건한 핏자국과 진백천의 유품으로 추정되는 잡동사니뿐이었다.

개방에서마저 진백천의 죽음을 확인했으니, 이제 의심할 나위가 없어졌다.

‘녀석의 악운을 믿었지만 결국 이렇게 되었구나. 다 내 탓이다.’

자책하는 그녀를 응시하며 유설영이 고개를 세차게 가로

저었다.

흑단 같은 머릿결이 허공에 거칠게 흩날리며 그 안으로 불신에 가득 찬 두 눈망울이 모습을 드러냈다.

“언제나 곁에 있어 준다고 했어요.”

“…….”

“언제나 저를 지켜 준다고 했어요.”

미인도 속의 미녀가 될 그날까지.

처음에는 호기심에, 다음에는 고마움에, 이제는 마음속 두근거리는 파란의 흔들림을 따라 진백천을 바라보았었다.

어서 빨리 미인도의 여인처럼 자라나서 보란 듯이 자신을 보여 주리라 생각했다.

그런데 진백천이 죽었단다.

한다고 단언하면 못 하는 일이 없었고, 자신이 느끼지 못할 때에도 언제나 곁에 있어 주었으며, 힘들 때마다 다독여 주고, 일어날 때면 그리운 기척의 향기만 남기고 갔던 진백천이, 그가 세상에 없다고 한다.

검후가 무어라 말을 하려는데, 막여령이 먼저 말을 꺼냈다.

“사람은 언제고 죽는다.”

“사부님!”

매정한 한마디에 검후가 급히 시선을 돌렸지만 막여령은 멈추지 않았다.

“죽음을 밟고 강해져라. 진백천의 죽음을 밟고 강해져라.”

“진 오빠는 죽지 않았어요! 죽지 않았어요! 사실이 아니에요!"

빽 소리를 지르며 얼굴을 감싸고 무너지듯 주저앉은 유설영은 발치에 뒹굴던 파편에 베여 피가 나면서도 서럽게 울었다.

무심한 눈으로 내려다보는 막여령과는 달리 화들짝 놀란 검후가 급히 공유하를 불렀다.

"이런, 설영아! 유하야! 어서 지혈제를 가지고 와!"

소란스러운 가운데 유설영은 정신을 잃었다.

* * *

강호에서 들려온 소식은 상가에도 들려왔다.

뒤늦게 떠도는 이야기를 듣고 황급히 상가주전에 달려간 운유검이 호이명에게 고했다.

"저기…… 강호에 떠도는 이야기를 들었습니까?"

일을 하던 호이명이 인상을 팍 찡그렸다.

"이봐, 운유검. 나는 무척 바빠. 일을 하느라 무척 바빠."

무척 바빠 보이긴 했다.

그는 황금을 가지고 집을 쌓고 있었는데, 어찌나 바빠 보이는지 냅다 책상을 걷어차고 싶었다.

한숨을 내쉰 운유검이 막 집의 지붕에 황금을 올려놓는 호이명을 바라보며 말을 꺼냈다.

"진 공자가 죽었답니다."

"세상에 진 공자가 한둘이냐?"

심기일전해서 지붕면에 황금을 올려놓던 호이명의 대꾸였다.

낮게 가라앉은 목소리로 운유검이 다시 말을 꺼냈다.

"……진 공자, 태상장로님께서 죽었답니다."

이번에도 돌아오는 대답은 한결같았다.

"흥! 쓰잘머리 없는 소리 하려면 어서 가서 일이나 해라."

뒤이어 들어오던 단승객도 어이가 없는지 물었다.

"무슨 개소리냐?"

"단승객, 사실이다. 무림맹에서 흘러나온 이야기다."

"헛소문이야. 천하에 태상장로님을 상대할 자가 어디에 있어?"

단승객은 일언반구를 할 가치도 없다는 듯 고개를 돌렸지만, 운유검은 재차 말을 이었다.

"흑사련입니다."

와르르.

황금의 집이 무너졌다.

호이명의 손끝은 완전하게 파들파들 떨리고 있었다.

돈에 관한 일을 빼고 어지간해서는 내심을 드러내지 않는 호이명으로서는 보기 드문 모습이었다.

"말이 되지 않는다. 그들이 강하기는 해. 하지만 태상장로님이 누군데. 태상노군 뺨치는 신인이야, 신인!"

말과는 다르게 호이명의 어조는 떨리고 있었다.

안면 근육이 경련하기 시작하는 호이명을 바라보며 운유검이 또바또바 말했다.

"개방에서도 전해 왔습니다. 태상장로님의 죽음을 확인했답니다."

"시체는? 시체는 찾았나!"

"추격하던 개방도 하나가 단전에 검이 박히고 심장이 부서진 상태로 절벽에서 떨어지는 태상장로님을 목격했다더군요."

"믿을 수 없다. 잘못 봤겠지. 거지는 원래 구걸통 없으면 뭐든 잘못 보잖아."

말과는 다르게 호이명은 아예 학질이 걸린 듯 부들부들 떨고 있었다.

입술이 잘게 떨리며 마치 강박 관념에 걸린 사람처럼 덜그럭덜그럭 황금을 쌓아 올렸지만, 사시나무처럼 떠는 손으로는 온전하게 쌓아 올릴 수가 없었다.

우르르 무너지면 다시 떨리는 손으로 쌓아 올리지만 도로 무너지고 만다.

딱한 시선으로 운유검이 단언했다.

"상가주, 태상장로님께서 돌아가셨습니다."

장성 상단을 번성시켰던 피도 눈물도 없는 냉혈한, 호이명은 그날 펑펑 울었다.

나이도 체면도 잊고 눈이 부어오르도록 며칠을 울었다.

그렇게 삼 년이란 시간이 흘러가기 시작했다.

그리고 그 삼 년이란 시간 동안…….

二. 바보 아이

하오문도 만팔은 오늘도 벌목장으로 향했다.

벌목으로 버는 돈은 많지 않다. 하지만, 어쩔 수 없는 노릇이다.

하오문에서는 아무 일이나 쉽게 얻을 수 있고, 계급에 따른 차별은 적지만, 노는 일은 용서받지 못한다.

특히 당금의 하오문주는 절대로 하오문도들이 쉬는 꼴을 보지 못했다.

이틀을 놀기 위해서는 닷새를 일해야 했다.

특히 밑바닥 인생들은 근면이나 성실과는 대략 천지처럼 멀리 떨어진 인종들이다.

게으름이 몸에 밴 이들일수록 명령을 끔찍이도 싫어했다. 하지만, 감히 하오문주의 명을 거스를 생각은 하지 못했다.

거역한다는 뜻은 즉, 밑바닥 생활에서마저 발붙일 곳이 없어진다는 뜻과 일맥상통하니까.

본보기로 시궁창에 처박히는 정도는 아무것도 아니다.

권위를 세우기 위하여 사람 한두 명 죽이는 것은 다른 곳에서라면 몰라도 하오문에서도 흔한 일이었다.

귀찮더라도 일을 하는 편이 낫다. 개똥밭에 굴러도 이승이 낫다는 말은 밑바닥 인생들이라고 다를 것이 없다.

만팔은 하오문에서도 가장 낮고 능력도 없는 말단 문도였다.

말이 문도지 무공은커녕, 머리까지 덜떨어져 손가락질을 받을 정도였다.

어렸을 때부터 둔해서 들락날락거린 곳이 하오문의 지부였고, 딱히 뭔가를 배울 만큼 약삭빠르지도 않아 그대로 눌러앉아 있었다.

그러다 보니 어느새 하오문도가 되어 있었다고나 할까?

투수의 손기술이나, 도박판의 기술자는 생각도 못 하고, 그저 하루하루 입에 풀칠하기 위해서 노동을 팔며, 급료의 삼 할을 상납하는 것이 만팔이 하오문도로서 유일하게 하는 일이었다.

다행히 근력은 좋은 터라 입에 풀칠을 하는 데는 무리가 없었다.

하오문은 일을 하려는 의지만 있다면 이런저런 일을 물어다 주었고, 굶지 않아도 되게끔 해 주었다.

오늘은 벌목장에서 사람을 구한다는 말을 들었던 터라 만팔은 아침부터 녹슨 도끼를 어깨에 이고 지정된 장소로 나왔다.

나무를 운반하는 데 쓰는 마차 주변에는 하오문도 이십여 명이 이미 나와 있었다.

다가가자 그중 쥐꼬리 수염을 기른 바싹 마른 중늙은이가 아는 체를 했다.

"만팔이 왔는가?"

"네, 위…… 어르신. 오늘은 어디로…… 가는 거지요?"

"종산에서 장원을 짓는다더군. 대들보를 구해야 하니, 오늘은 조금 깊이 들어갈 거야."

"산을…… 넘겠군요."

"그렇지, 아무래도 이 근방의 나무는 너무 잘아. 제법 큰 장원이니, 두 아름 정도의 나무를 구해야 하겠지. 생각보다 힘이 들 거야. 어떤가?"

"물론…… 해…… 야지요……."

만팔은 얼굴 가득 웃음을 지었다.

힘이 들긴 하지만, 토목에 관계된 자재를 구하는 일은 제법 돈을 번다.

도끼를 어깨에 걸친 장한 십여 명이 출발했다. 오늘은 제법 큰일이라 널찍한 수레와 노새까지 세 마리가 함께하는 큰 일행이었다.

더러는 수레에 걸터앉아, 더러는 걸어가며 산을 넘는 동안 위 목장이 지시했다.

"구해야 할 나무가 적지 않으니, 오늘은 각자 일을 분업

해야 하네. 자네들은 걸음이 빠르니, 먼저 가서 나무를 살피고 표시를 하게."

"예."

"자네들은 톱과 도끼를 가지고, 진액을 빼고 나무를 걸어."

"알겠습니다, 어르신."

위 목장은 벌목장에서 잔뼈가 굵은 사람이다.

별로 생각하는 기색도 없이 이렇게 저렇게 지시를 하고 사람들을 배치했는데, 만팔만은 홀로 아무런 일도 받지 못했다.

위 목장이 쥐꼬리 수염을 배배 꼬며 입을 열었다.

"흠, 자네는 벌목일 외에 일거리가 있는가?"

"……찾아…… 봐야지요."

어수룩한 대답에 위 목장은 대번에 만족한 미소를 지었다.

"그거 참 잘됐군. 매일같이 일을 찾으러 다니는 것도 쉬운 일이 아니지."

"아닙…… 니다……."

"아니야, 아니야. 내가 잘 알지. 마침 좋은 일이 있는데 어떤가? 해 보겠는가?"

"저는 돈을 벌어야 해요. 돈을 벌어야 밥을 먹습니다."

"강가에서 나무를 돌보는 쉬운 일이 있지. 자네라면 내가 크게 인심 써서 하루에 열다섯 냥을 줌세."

"열다섯 냥이나요?"

상당한 금액이다. 이틀은 꼬박 일해야 받을 수 있는 금액

아닌가.
한 달 내내 일을 해야 한다는 뒷말도 마음에 들었다.
귀가 솔깃한 만팔에게 위 목장이 소곤거렸다.
"길을 가다가 강전 쪽으로 따라가면 소유강 근방에 작업소가 있지. 그쪽에 이미 두 사람이 나가 있으니 혼자서 일을 받으면 된다."
"강가…… 에요?"
"나무를 물에 재워 놓았지. 별 힘든 일도 없어. 그저 나무들이 부딪히지 않게 손쓰고, 도둑들이나 살피면 되는 일이야. 어렵지는 않을 거다."
그 말에 만팔의 입이 쩍 벌어졌다.
"알겠습니다, 어르신."
오늘도 입에 풀칠할 돈만 들어온다면 만팔은 아무래도 좋았다.
강가에 가니, 피로한 기색의 장한 둘이 기다리고 있었다. 안면이 있는 사람들로 목장에서 자주 마주치는 이들이었다.
"만팔, 자네가 왔군."
"예, 아저씨."
조금 둔한 기색으로 가만가만 고개를 끄덕였더니, 장한은 피식 웃다가 고개를 갸웃거렸다.
"혼자 왔나?"
"어려운 일이 아니라고 해서요."

만팔의 대답에 장한 둘은 서로를 마주보며 조금 미간을 찌푸렸다.

"위 목장이 수작을 부렸군."

"……무슨…… 뜻이지요?"

"아니, 뭐, 되었지. 바보가 뭘 알겠어? 만팔아, 한 달 정도면 큰일도 없을 거야. 근처에 벌목장도 여러 곳 있으니까 놈들도 꺼릴 테고."

보통 사람이라면 어조에서 개운치 않은 기분을 느꼈을 테지만, 만팔은 그저 일을 구했다는 사실이 마냥 좋아 그냥 쉬이 넘겼다.

"제가 할 일은 뭔가요?"

"별로 어렵지는 않다. 여기 물에 띄워 놓은 나무들이 떠내려가지 않도록 조심하고, 서로 부딪혀서 상하지만 않게 하면 돼."

"그게 다인가요?"

"그렇지, 문제는 최근 들어서 나무 도둑이 늘어나서 말이야. 간밤에 조심만 하면 된다."

들어 본 적이 있는 이야기였다.

근자 들어서 질이 좋은 나무는 값이 꽤 많이 올랐다.

황궁에 새로이 부상한 권력자들이 세를 과시하기 위해 장원을 지어 대고, 군부에서도 대규모로 매입하고 있다. 특히 몸담고 있는 벌목장에서 물에 수년간 불린 자재들은 튼튼하고, 탄성이 강해 높은 가격에 거래되고 있어, 도둑

놈들이 꽤 늘었다고 했다.

장한이 재차 당부했다.

"뭔가 수상한 놈들이 오면 소리를 질러. 근방의 벌목장들과 이야기를 해 두었으니, 소리를 내고 연기만 피워도 금방 도우러 올 거다."

"알겠습니다."

"일 자체는 어렵지 않지만 책임이 막중해. 위급할 시에는 모닥불에 준비해 둔 송진을 던져 연기를 피우고, 징을 울리면 된다. 잊지 마라."

몇 번이고 당부하고 장한은 떠났다.

열심히 손을 흔들던 만팔은 뒤통수를 긁적이며 강가에 위치한 오두막으로 들어갔다. 위 목장의 말로는 근 한 달간 머물러야 한다고 했으니, 당분간 그의 거처가 될 것이었다.

오두막에는 간단한 생필품들이 준비되어 있었다. 사는 데는 딱히 지장이 없었다.

가지고 온 괴나리봇짐을 한구석에 쟁여 두고, 두툼하고 길쭉한 장대를 쥐고 강가로 나섰다. 팔뚝만 한 나무토막이 굵은 밧줄과 쇠사슬로 둥그렇게 이어진 가운데, 수십 개의 자재들이 물 위에 둥둥 떠 있었다.

물에 불리면 나무들은 속이 꽉 찬다.

차가운 지강(枝江)의 물을 반년쯤 먹고 나면 묵직해지며 단단해질 것이다.

그 전까지는 표면이 다치지 않게, 물에 뜬 나무들을 밀어내는 것이 만팔의 일이었다. 딱히 어려운 일도 아니고, 물살이 세지 않은 근래에는 번거롭게 움직일 필요도 없다.

물 위의 통나무를 조심스레 밟으며, 몰려 있는 목재들을 조심스레 장대로 밀어내던 만팔이 영차영차 기합을 내며 솜씨 좋게 나무 세 개를 밀어내곤 중얼거렸다.

"어렵지는 않구나."

다시금 영차영차 추임새를 넣으며, 두터운 황장목을 밀어 골고루 표면을 수면 아래로 향하게 하며 오전의 일을 끝마쳤다.

한가로워진 만팔은 오두막에서 밥을 짓고, 군데군데 피워 둔 화로에 나무토막을 집어넣으며 하루를 날 준비를 했다.

혼자 산 날이 삶의 대부분인 터라 사람이 없다고 적적하지는 않았다.

간만에 찾아온 휴식 아닌 휴식에 만팔은 그저 만족했다. 당분간은 배를 곯지 않은 것만 해도 어디인가.

그저 지시받은 대로 불가에 언제나 던질 수 있도록 송진을 마련하고, 언제라도 징을 울릴 수 있도록 막대기를 허리춤에 찬 것으로, 만팔은 걱정을 잊어버렸다.

* * *

위 목장은 벌목장에서 잔뼈가 굵은 사람이었다. 젊을 적부터 목공과 관련된 일을 해 왔으니, 벌목장에서 가장 나이가 많은 이 중의 한 명이었다.

힘이 쇠하고, 할 일이 없어진 그는 근래에 들어 인부들을 관리하는 직책을 맡았다.

편하고 쉬운 일을 하자 위 목장은 배가 불렀다. 나이도 드는 만큼 노후 대책도 세워야 했다. 어지간한 인부들은 생각도 못 할 만큼 높은 수당을 받으면서도 나이와 함께 자라가는 탐욕 탓에 언제나 주머니가 가볍다고 아우성이었다.

뭔가 돈이 나올 구멍을 찾던 위 목장에게 만팔은 참으로 좋은 구실이 되었다.

머리가 나빠서 셈을 할 줄 몰라 철전 몇 개만 던져 줘도 감지덕지하니, 이보다 적절한 돈구멍이 어디에 있겠는가.

문제는 위 목장이 그 반마저 이리저리 빼돌려 흥청망청 써 버리다가 잔금이 꽤 밀렸다는 사실이다.

"쯧, 어수룩한 놈을 등쳐 먹으려면 이게 제격이지."

근래 들어 질 좋은 목재가 품귀 현상을 겪으며, 도적들이 들끓는 터라 하오문에서는 두 명씩 짝을 지어 불침번을 서게 했다.

하지만, 조금 머리를 굴려 보니 이게 꽤 쓸 만하다.

'두 명에게 맡길 일을 한 사람에게 맡기면 되지. 경계가 강화돼서 도둑들도 드물어졌으니 위험할 일도 없어.'

염두를 굴려 만팔을 홀로 보내려 대목장에게 돈을 몇 푼 찔러주었다. 하지만 대목장은 선뜻 받지 않았다.

"혹시 위험하지는 않을까?"

"위험하기는요. 우리가 가진 벌목장이 몇 개인데 걱정합니까? 최근에는 본 문에서도 사람을 파견해서 번을 서니, 딱히 할 일도 없습니다."

"만에 하나 일이 틀어지면 골치가 아파져. 지부장님께서 특히 조심하라는 말씀도 있었고."

"고작해야 한 달이죠. 도적놈들도 머리가 있으니, 경계가 강화되었다는 소문을 못 들었을 리가 없지 않습니까?"

께름칙하기는 했지만, 대목장 또한 마음이 동하는 것을 멈출 수가 없었다.

위 목장이 돈을 벌면 삼 할을 바치니, 앉아서 공돈이 생기는 일을 마다할 리가 있나.

머뭇거리는 대목장에게 위 노인이 은근한 어조로 말했다.

"목숨을 걸어야 하는 일이니까 생명 수당까지 나오지 않습니까? 도둑이 들어도 만팔이 살아남을 가능성은 없지요. 문제가 생기면 죽은 놈에게 책임을 뒤집어씌우면 되니 나쁘지 않을 겁니다."

"하긴……."

생명 수당까지 합한 급료면 한동안 기루에 갈 돈 걱정은 안 한다.

"무슨 일이 생기면 제가 다 책임지겠습니다. 대목장께서는 한 번만 눈감아 주십시오."

가장 꺼려 하는 책임 소재가 가려지자 대목장도 거부만

할 수는 없었다.

짐짓 호탕하게 웃으며 대목장은 건네는 돈을 슬쩍 받아 쥐었다.

"하하하. 걱정 말게. 잠깐 눈감아 주는 거야 일도 아니지."

* * *

아침부터 장대를 하나 들고 유유히 강가에 나선 만팔은 당황했다.

여염집 처자처럼 곱고 조신하던 물살이 조금 거세진 탓이다. 다닥다닥 붙어 있던 나무들이 당장에 부딪힐 지경이라 한참을 낑낑거리며 움직여야 했다.

물살이 오르락내리락하는 통에 통나무들을 밟고 움직이기도 수월치 않아 진땀을 빼고 있는데, 이번에는 거세진 물길을 타고 나무 잔해들과 토사들이 밀려 내려왔다.

"큰일이다."

다행히 대부분의 잔해들은 쳐 둔 망에 걸려 나무들을 띄워 둔 강가 쪽으로 들어오지 않았지만, 혹시나 망이 터질까 염려된 만팔은 열심히 움직여 토사와 잔해들을 치워 냈다.

대충 일이 끝났다고 생각하던 만팔은 물에 둥둥 떠내려오는 희끄무레한 물체를 발견했다.

"이건 뭐지?"

성큼성큼 통나무를 밟고 걸어 장대로 떠내려온 천 조각

을 푹푹 찔렀다.

“말랑말랑한 것이 나무는 아니네…….”

손을 힘겹게 뻗어 천 조각을 잡아 든 만팔은 깜짝 놀랐다.

“어이쿠, 이게 뭐야.”

사람이었다.

한동안 깜짝 놀라 벌벌 떨던 만팔이 조심스레 다가가 건져 냈다.

새하얗게 탈색된 꼴이 영락없이 시체였지만, 만팔은 뒤통수를 긁적이다가 낑낑거리면서 등에 업고 뭍으로 걸어 나왔다.

“죽었나……?”

가슴에 기복이 없다. 시체는 참혹했다. 옷은 아예 넝마나 다름없이 찢겼고, 전신에는 거미줄 같은 흉터가 무수히 그어져 있었다.

가슴과 옆구리에는 짓뭉개진 상처가 입을 쩍 벌리고 있었으며, 복부는 아예 곤죽이 되어 있어 잘 봐도 백이면 백 시체였다.

만팔이 묻어 줄 작정으로 삽을 가지고 나오는데 시체가 꿈틀거렸다.

“어이쿠, 깜짝이야.”

“으으음…….”

“살아 있네? 으허허, 다행이야.”

험악하게 다친 채 떠내려온 사람이 무서울 만도 하건

만, 만팔은 그저 안도하며 신음하는 그를 업고 화롯가에 눕혔다.

벌목을 하며 다친 사람들을 보아 온 터라 응급 처치는 그럭저럭 알았다.

상처를 지혈하고, 깨끗한 천으로 전신을 둘둘 말며, 따뜻한 불가에 쬐이고 전신을 주물렀더니, 창백했던 인상에 혈색이 돌아왔다.

한숨을 돌린 만팔이 부랴부랴 모포를 덮어 주고는 다시 물에 띄워 둔 나무를 돌보러 뛰어갔다.

사람 돌보는 것도 좋지만, 일도 해야 했으니까.

시체인 줄 알았던 사람은 몇 번이고 신음과 함께 눈을 뜨고 감고를 반복하더니, 닷새 후에는 정신을 차렸다.

만팔은 안심했지만, 다시 문제가 생겼다.

그의 몸은 만신창이가 되어 있었다. 다리를 절뚝여서 제대로 걷지도 못했고, 연신 피를 토했다. 얼굴은 거미줄처럼 자상이 엉켜 피와 딱지가 달라붙어 제대로 말을 하지도 못했다.

"정신이 드냐?"

"우…… 으으……."

얼굴을 싸잡으며 고통을 호소하는 그를 보며, 만팔은 혀를 찼다.

"안 되겠다. 조금만 기다려 봐. 내가 약을 구해 오마."

산에서 오랫동안 산 만팔은 아버지가 곧잘 구해 주던 약초들을 떠올리며 급히 몸을 일으켰다.

열흘째가 되던 날, 그의 상처는 대부분 아물었다.

대충 몇 달은 걸릴 것이라 생각하던 몸은 생각보다 빠르게 나아갔다.

의방의 의원들이 봤다면, 경악할 만한 회복력에 벌떡 일어났겠지만, 의술을 알지 못하는 만팔은 그저 다행이라 여겼다.

몸의 상처는 빠르게 아물었지만 정신적 상처는 그렇지 않은 모양이었다.

밤에는 악몽에 시달리는지 비명을 지르며 일어나는 통에 만팔은 잠을 통 잘 수가 없었다.

몇 번이고 다독여 보았지만 소용이 없었다.

정신을 차리면 머리를 싸잡아 쥐고 한참을 괴로워했는데, 몽롱한 눈은 초점이 없고, 사시나무처럼 몸을 떨었다.

'마치 호환(虎患)에 놀란 아이와 같네.'

생각해 보면 맹수에게 습격을 당했을지도 모르겠구나.

그렇게 생각하니, 어쩐지 만팔은 더욱 측은지심이 일었다.

어렸을 적 멧돼지에게 쫓긴 기억에 밤잠을 설친 기억이 있어 더욱 동정이 일었다. 안쓰러움에 발만 동동 구르던 만팔은 나무들을 돌보러 가는 것도 잊고 밤낮으로 간호하며 시간을 보냈다.

그렇게 일주일이 더 흘렀다.

*　*　*

상처가 대부분 아문 그는 하루의 대부분을 멍하니 앉아 허공만 바라보았다.

초점이 없는 눈은 실성한 것 같았지만, 말귀는 제법 알아들었다.

조심조심 다가가 만팔이 은근슬쩍 말을 붙였다.

"몸이 괜찮으냐?"

입을 벌리고 허공을 응시하던 그가 고개를 조금 끄덕였다.

"많이 다쳤었다. 죽을 뻔했어."

끄덕끄덕.

그가 고개를 끄덕인다. 말을 잊은 그의 유일한 의사 표현 수단이었다.

"네 이름이 뭐냐?"

마치 거대한 호랑이 같은 몸집을 한 만팔이 토끼같이 조심조심 물었다.

허공을 응시하던 청년의 시선이 흔들렸다.

말을 잊은 줄 알았던 청년이 말을 내뱉었다.

"이름. 내 이름?"

혼잣말을 되뇌던 청년이 머리를 부여잡았다.

"나는 누구? 여기는 어디?"

만팔은 기억을 못 하는 듯 보이는 그의 정체를 잠깐 고민하다가 그의 물건들을 뒤적여 봤다.

하지만 품에서 나온 것들이라고는 조잡한 나비 모양 장식품 몇 개와, 철전 일곱 개가 전부라 딱히 추측하기도 힘들었다.

물에 젖은 주제에 용케 찢어지지 않은 작은 책자도 나오긴 했는데, 만팔은 까막눈이니 읽을 수도 없다. 집으로 돌려보내려고 해도 기억을 못 하니 별수 있나.

당분간 돌보기로 마음먹은 만팔은 청년에게 모포를 둘러주었다.

"너무 신경 쓰지 마. 다신 물어보지 않을게."

따닥. 따닥.

아차, 나무를 돌보는 일을 잊고 있었구나.

멀리서 물결이 밀려오는 소리에 만팔이 황급히 일어나 엉덩이를 털었다.

"조금 기다려. 나는 일을 해야 하니까."

아이를 물가에 둔 어미처럼 걱정스레 청년을 살피며 내키지 않는 걸음으로 만팔은 통나무를 띄워 놓은 강가 쪽으로 뛰어갔다.

청년은 멍하니 그 양을 지켜보고 있었다.

* * *

잠을 자던 청년은 꿈을 꾸었다.

꿈에는 흑색의 용이 그를 끊임없이 쫓아왔다. 달리고, 달렸지만 도무지 떨쳐 낼 수가 없었다.

한여름 같은데 하늘에서는 눈이 내리고 있었다. 닿으면 따갑고 작은 벼락이 치는 것처럼 아픈 눈은 지옥에서나 볼 법했다.

소년은 달리기를 멈추지 않았다.

빠르게 스쳐 지나가는 광경은 어딘가 낯이 익으면서 두려웠다. 사방에서 들려오는 살기 어린 목소리는 알아들을 수 없었지만, 적의에 가득 차 있다는 사실은 확연히 알 수 있었다.

어느 순간, 천지사방이 흑룡의 울음소리로 꽉 찼다.

두려움에 발을 구르고 주먹을 뻗을 때면 손발에서 섬광이 번쩍였다. 허공을 박차 오르면 산꼭대기라도 오를 수 있을 것만 같았다.

하지만, 흑색의 용을 떨쳐 낼 수는 없었다.

끝을 알 수 없는 절망이 엄습하자 청년은 비명을 질렀다.

"으아아아악!"

비명을 지르고 나자, 도망을 치던 청년은 자신이 절벽에서 있음을 알았다.

아래를 바라보니 아득한 어둠이 입을 벌리고 있었다. 무저갱을 내려다보던 그가 어깨를 떨었다.

홱!

등 뒤에서 느껴지는 살기에 고개를 돌려보니 흑색의 용

이 지면에 내려서고 있었다.

위압감 넘치는 몸은 끝을 알기 힘들 정도로 크고 높아서 고개를 직각으로 꺾어 굽어 올려 봐도 채 머리가 보이지 않았다.

하지만 어디선가 차갑게 느껴지는, 삭풍보다 더욱 시리고 차가운 안광이 자신을 꿰뚫는 기분이었다.

새까만 가운데 피보다 붉고 진한 입이 열리며 소리가 들렸다.

웅웅웅웅웅.

뜻을 이해할 수 없지만 무서운 음파가 덮쳐 오자, 청년은 이까지 질끈 깨물면서 끝까지 도리질을 쳤다.

자신의 반응에 흑룡은 활활 타오르는 안광을 일그러트렸다.

"그렇다면 죽어야지."

또렷해진 소리와 함께 분노한 흑룡이 철 기둥처럼 단단한 손을 뻗어 배와 가슴을 헤집어 온다.

"아악!"

피하려 발버둥 쳤지만 벗어날 수 없었다.

목을 노리던 손톱이 복부에 박혔다. 동시에 차갑고, 뜨거우며, 묵직하고 절망적인 기운이 사지를 내달렸다.

복부를 헤집자 느껴지는 고통에 입을 뻐끔거리지만 소리가 나오질 않았다.

그러는 사이 청년은 자신의 몸이 어둠 속으로 떨어지는 걸 느꼈다.

날카롭게 나부끼는 귓가의 바람을 느낄 즈음, 심연은 깊어져 갔다.

정신을 차려 보니 이번에는 어둠 한가운데였다.

아무것도 보이지 않는 어둠인데, 참으로 이상하게도 그 안에 서 있는 한 사람은 또렷하게 보였다. 중년인으로도, 노인으로도, 심지어 앳된 소년으로도 보이는 그는 그저 나풀나풀 움직이고 있었다.

검을 든 것 같기도 하고, 맨손인 것 같기도 하다.

손은 검결지를 쥐고 있는데, 검은 쥐여 있지 않고, 까마득한 어둠의 결정이 일렁이고 있었다.

움직임은 미풍을 닮아 있었다.

사내의 움직임을 따라 어둠은 맥박 치는 심장처럼 두근두근 형태를 변해 갔다.

아니, 형태가 아니라 음영을 바꾸어 갔다. 지독한 어둠밖에 없어 음영을 구분하기도 쉽지 않지만, 어쩐지 소년은 사내의 손짓과 움직임을 따라 어둠이 움직인다는 생각이 들었다.

그가 입을 열었다.

"선지자가 물었다. 천지사방에 법이 있어, 법과 도의 경계가 모호하고, 현실과 꿈의 경계가 흐릿하다 하니, 어디가 법이고, 어디가 도일까?"

무슨 말일까?

"만법이 나뉘어 무수히 많은 공이 되어 세상에 떠돌다가 하나로 귀결되면, 하나는 어디로 돌아갈까?"

어디에선가 들은 기억이 있는 말이지만, 도무지 기억을 되새길 수가 없었다.

들은 것 같은 어조였지만, 기억과는 조금 다른 것 같기도 하다.

남자의 말은 계속되었다.

"하나가 만 개가 되면 하나와 만법의 차이가 어디일까? 검을 들기는 매한가지인데 어찌 하나가 이기는 검이 되고, 다른 것은 지는가? 만약 이 사이에 우열이 있다고 하면 참된 도에 달하지 못한 것이고, 우열이 없다고 하더라도 안목이 없이 되는 것이다."

탄식처럼 이어지는 목소리는 희열에 들뜬 듯하기도 하고, 구슬피 우는 것도 같게 면밀히 이어진다.

"아아, 검 끝이 향하는 술과 법은 어느 법이 가름하는가? 검은 둘이 아니요[不二劍], 만법은 무한한 가운데 보이지 않으니 나의 검은 고작 일말의 무게조차 되지 못하겠구나[萬法無量]."

읊조림이 끝도 없이 이어지며, 사내가 검결지를 쥔 팔을 들었다.

어둠이 검의 형태로 뭉쳐 들며 거대한 검신을 만들어 냈다.

암흑보다 더욱 어두운 검이 일렁이며 떨어져 내렸다. 가장 아름다우며, 가장 완벽하며, 흠잡을 데 없이 완벽한 검이 정수리로 내리쳐 왔다.

정수리에서부터 뇌전이 관통하는 충격에 소년이 비명을

지르며 벌떡 일어났다.

정신을 차려 보니 아직 밤이다.

어둠 너머에서 만팔이 뒤치락거리는 기척이 느껴졌다.

"으…… 어……."

입을 빼끔거리며 뭔가 단어를 뱉어 내다가 머리를 부여잡았다.

시야가 닿는 장소 어디든 미치지 않는 곳이 없는 어둠 속에서 완벽한 검이 쪼개 오는 기억이 되살아났다.

흔들리는 시선으로 한참 동안 입술을 오물거리던 청년이 억눌린 단어를 흘렸다.

"불이검. 만법무량."

작은 쇳조각에 새겨진 두 단어를 중얼거리자 신기하게도 꿈속의 검무가 어둠 속에 되살아나 그는 여명이 밝아올 때까지 허공을 바라보며 한참을 앉아 있었다.

* * *

다음 날, 겅중겅중 통나무 위를 뛰며 나무들을 밀어내던 만팔은 멀뚱히 앉아만 있던 청년이 자신을 쫓아왔음을 알았다.

고개를 갸웃거리며 움직이더니, 만팔이 하는 것처럼 어디서 구했는지 얇고 가는 막대기를 들고 통나무를 조금씩 밀어내고 있었다.

"헉! 너 몸은 괜찮은 거냐?"

끄덕끄덕.

미심쩍은 눈으로 그를 보니 통나무 위에 서 있는데 마치 평지에 선 것처럼 균형이 완벽하다.

저는 발로 겅중겅중 뛰는 양이 마치 오랫동안 물 위에서 살던 사람 같았다.

"힘들지 않아?"

"응."

웅얼거리는 목소리로 고집 가득한 눈을 마주해 온다.

일을 종용하는 눈빛에 만팔이 혹시나 해서 슬쩍 부탁해 본다.

"저기, 저기 있는 나무를 밀어 봐. 다치지 않게 조심조심."

귀를 쫑긋거린 청년이 통나무 위를 펄쩍펄쩍 뛰었다.

다리가 불편한지 한 다리로 통통 뛰는데 물방울 하나 튀는 법이 없었다.

"히야! 정말 대단하구나, 너!"

제법 멀리 떨어진 통나무까지 정갈하게 나뭇가지로 밀어 정리하는 모습을 보며 만팔이 화색을 지었다.

"너 이름이 뭐니?"

"이…… 이름……."

"참, 이름을 몰랐지."

뒷통수를 긁적이던 만팔은 이내 생각을 접었다.

조만간 그럴듯한 이름을 붙여 주기로 생각하며, 만팔은 뒤통수를 긁적였다.

"몽견 어때? 몽견. 며칠 전에 상처 입은 개가 담벼락을 은 넘는 꿈을 꾸었지. 바로 너였을 거야. 헤헤."

입에 짝 달라붙는 호칭에 만팔이 헤헤거렸다.

사람에게 개라는 이름을 지어 주고도 마냥 기뻐하는 만팔의 순박한 얼굴을 보며 청년, 아니, 몽견 또한 활짝 웃었다.

혼자 사는 데 익숙한 만팔이지만 새로 생긴 가족은 제법 생소하면서도 마음에 들었다.

자신을 졸졸 따라다니며 일을 하기도 하고, 밥도 먹고 하는데, 불편한 몸을 이끌고도 자신을 따르는 꼴이 마치 어미 오리를 쫓는 새끼 오리 같았다.

아침 준비는 언제나 만팔의 몫이었다.

구비되어 있는 건량과 근처에서 채취한 몇 가지 야초를 넣으면 되는 간단한 식단이지만, 그럭저럭 먹을 만은 했다.

보기 좋게 죽이 끓어오르자 강가에서 장대를 들고 겅중겅중 뛰어다니는 몽견에게 만팔이 손을 흔들었다.

"몽견아, 밥시간이다!"

국자와 박을 잘라 만든 바가지를 흔들자 강가에서 나무를 정돈하던 몽견이 절뚝이며 달려왔다. 솥에서 걸쭉한 죽을 한 국자 퍼 주었더니, 몽견은 후후 불어 가며 게걸스럽게도 먹어 댄다.

"으허허. 굉장한 식성이다. 너는 아마 대식가였을 거야."

"응, 많이 먹는다. 몽견, 많이 먹는다."

"많이 먹어. 오늘은 건량도 많이 넣었어."

바닥을 드러내는 솥까지 핥아 대는 몽견을 보며 만팔이 기분 좋은 웃음을 지었다.

청년은 자신의 여벌 옷을 입고 있었는데, 헐렁한 옷에 상처가 가득한 얼굴이 영락없는 거리의 거지나 다름이 없었다.

하지만, 만팔은 그 모습이 그렇게 귀여워 보일 수 없었다.

"헤헤헤."

몽견이 상처와 화상이 가득한 얼굴을 일그러트리며 입가를 비틀었다.

아마도 웃고 있는 것이리라.

"흐흐흐. 혼자 먹는 밥도 좋지만, 같이 먹으면 이렇게나 맛있구나."

바보라고 손가락질을 받는 만팔은 새로운 가족이 참으로 좋았다. 어쩐지 밥맛도 더 좋아진 것 같아 웃음이 그치지 않았다.

다음 날, 눈을 떠 보니, 몽견은 일어나고 없었다.

'혹시 떠나 버린 걸까?'

갑작스러운 불안에 벌떡 일어나 밖으로 나가 보니 몽견이 솥 주변에서 얼쩡거리고 있었다.

불편한 손으로 도마에 서투른 칼질을 하는 양을 보며 그제야 만팔이 안도했다.

나가가 보니, 몽견은 찡찡거리며 긴장을 디듬고, 야체를 썰고 있었다.

완전히 굽은 손으로 제법 보기 좋게 칼질을 하는 것을 보며, 만팔이 생각했다.

'혹시 물가에 살던 게 아니고, 숙수가 아니었을까?'

맛 좋은 냄새가 코를 찌르자 떠올린 생각이었다. 대충 살고자 먹을 걸 만드는 자신과는 다르게 향기도 좋고, 맑은 국물이 우러나는 죽이다.

자신이 대충 만들던 꿀꿀이죽과는 아예 비교조차 안 될 것 같아 보였다.

"나 먹으라는 거냐?"

"응, 많이 먹는다. 만팔, 많이 먹는다."

주문처럼 웅얼대는 목소리에 만팔은 눈물이 핑 돌았다.

생각지도 못한 호사 아닌가. 누군가가 자신을 위해 밥을 지어 준 적은 어렸을 적 이후로 없었다.

"고맙다, 고마워."

한술 떠먹어 보니 생전 먹어 보지 못한 향긋한 향과 단아한 맛이 입안을 가득 메웠다.

눈물이 날 만큼 향긋하고 좋다. 몽견과 함께여서 더욱 맛이 나는 것 같았다.

"너는 아마 숙수였을 거야. 밥 많이 먹는 숙수. 허허허."

이번에도 역시나 몽견은 그저 히죽 웃어 보일 따름이다.

일그러진 얼굴에 떠오른 미소가 참으로 정겨워 보인다고, 만팔은 생각했다.

三. 나무 도둑

만팔의 하루 일과는 빠르게 끝이 났다. 혼자 하던 일을 둘이 하는 탓도 있지만, 무엇보다 몽견의 나무 다루는 솜씨가 뛰어난 탓도 있었다.

물살이 급해지거나 돌들이 밀려 내려올 때면 귀를 쫑긋거리며 쩔뚝쩔뚝 걸어가 물 위에 뜬 나무를 밀어낸다. 느릿느릿하지만 한 치의 오차도 없는 터라, 만팔은 아예 통나무에 대한 걱정은 덜어도 될 정도였다.

물 위에 뜬 통나무를 가지런히 하기는 여간 어려운 일이 아니다.

하지만 몽견은 물질을 해 본 노련한 뱃사공처럼, 비틀거리면서도 실수를 하여 나무를 상하게 하는 법이 없었다.

식사 시간이 되면 어김없이 도마를 놓고, 반쯤 오그라든 손으로 칼질을 하는데, 한눈에 보기에도 능숙하게 칼을 다룬다.

날이 갈수록 몸이 나아가는지, 그새부터 몽견은 노끼를

쥐고 장작도 패기 시작했다.

처음에는 말렸지만, 고집이 대단해서 만팔은 결국 포기하고 전전긍긍하며 몽견을 바라보아야 했다.

한데, 몽견은 장작도 잘 팼다.

한 번 도끼를 내리면 쩍쩍 갈라지는데, 어떻게 저렇게 헤지고 망가진 몸에서 저런 힘이 나오는지 놀라울 정도였다.

딱히 일을 돕는 이유가 아니라도, 누군가와 함께 시간을 보내는 것이 이렇게 즐거울 줄은 몰랐던 만팔은 하루하루가 지나는 것이 두려울 정도로 새로운 가족에 만족하며 기쁨과 행복을 느끼고 있었다.

시간이 지나고, 이제 돌아갈 날이 열흘 안팎으로 다가오자 만팔은 고민에 빠졌다.

"몽견아, 너는 어디 갈 데가 있니?"

"……."

"갈 데가 없다면 나와 함께 사는 게 어때?"

여전히 말이 없는 몽견은 그저 눈만 깜빡일 뿐이다.

"같이 사는 거야. 응?"

같이 살겠냐는 말에 몽견이 눈을 크게 뜨더니 이내 주르륵 닭똥 같은 눈물을 흘렸다.

어깨를 움츠리고 벌벌 떠는 모습이 마치 풍이 온 사람 같았다.

깜짝 놀란 만팔이 재빨리 침상에 그를 눕히고는 이불을 추슬러 주었다.

학질에 걸린 사람처럼 벌벌 떨던 몽견이 입술을 달싹였다.

"언제나…… 같…… 이 곁에……."

잦아드는 목소리를 들으며 만팔이 고개를 갸웃거렸다.

한동안 끙끙대던 몽견은 이내 잠에 빠져들었다. 오르락내리락하는 가슴의 기복이 일정해진 것을 보고야 만팔은 한숨을 쉬었다.

아무래도 거취의 문제는 나중에 결정하는 쪽이 좋을 듯했다.

* * *

어둠 속에 여러 명의 그림자가 숨어들었다. 어둠이 내린 숲에 녹아든 그림자는 대략 십여 개. 개중에 황의를 입은 사내 하나가 만팔의 오두막이 한눈에 보이는 둔덕에 올라 몸을 기울였다.

"저기가 바로 황장목이 있는 곳이로군."

속삭이는 목소리에 뒤쪽에서 억눌린 목소리로 대답이 들려왔다.

"그렇습니다."

"두 사람이 돌아가면서 번을 선다고 들었는데, 어째 사람이 보이지 않는걸?"

"이문을 떼어먹으려고 위 목장이 수를 썼다는군요. 번을 서고 있는 만팔이라는 놈이 멍청해서 받아들인 모양입니다. 우리에겐 참으로 다행인 일이지요."

"생각보다 수월하게 처리할 수 있겠군. 저 나무들만 있으면 그럭저럭 관이 요구하는 수량에 맞출 수 있겠어."

"하오문의 재산이라는 점이 마음에 걸립니다. 분명히 걸고넘어질 겁니다."

걱정 어린 대꾸에 황의인은 그저 피식 웃어 넘겼다.

"하오문은 점조직으로 운영되지. 나무 관리 같은 하찮은 일에 고수를 투입할 리도 없어. 고작해야 거리의 왈패들이 수소문하는 정도이니 시간만 충분하면 어떻게든 이목을 피할 수 있지."

하긴, 하루가 멀다 하고 문제가 터지는 하오문에서 어지간한 일에 고수급 무림인을 파견할 리 없다.

특히, 만팔과 같은 뒷배도 없는 밑바닥 중의 밑바닥 인생은 어지간해서는 죽어도 큰 신경을 쓰지 않았다.

"흔적만 잘 지워 버리면 괜찮다. 모두 복면을 쓰고 공격에 들어간다."

강호에 발을 걸친 그는 제법 하오문의 체계에 통달하고 있었다.

한두 번 해 본 일도 아닌 만큼 복면을 쓰고 기척을 지우는 모습이 능숙했다.

북방의 전란과 황궁에 불어닥친 권력 다툼 덕에 매일같이 장원을 짓는다, 전쟁 무기를 만든다 하며 다들 좋은 목재를 구하느라 혈안이 되어 있었다이 기회를 잘만 잡으면 권력가에 끈을 만들 수 있었다.

특히 지강의 목재는 최상급으로 분류되는 터라 군부에 바치면 군문에 인연이 닿고, 재력가나 권력가의 장원에 쓰면 좋은 뒷배를 얻을 수 있는 도깨비방망이나 다름이 없었다.

"일단 화톳불을 꺼야겠다. 너는 나무부터 끌어 올리고 마차에 싣는다. 놈은 나와 이풍이 제압하겠다."

시리도록 차가운 날을 보유한 검을 들어 올리며 남자가 복면 속에 살기 어린 안광을 번쩍였다.

벌떡.

곤히 자던 몽견이 벌떡 일어나자 만팔은 눈을 떴다.

"무슨 일이야?"

눈가를 비비며 상체를 일으켰는데, 이상하게도 몽견은 벽을 뚫어져라 바라보고 있었다.

벽 너머를 꿰뚫어 보는 모습이라 만팔이 고개를 갸웃거리는데 문득 밖에서 인기척이 느껴졌다.

"아차! 침입자가 있구나."

깜짝 놀란 만팔이 머리맡에 둔 송진 가루를 들고, 문을 열고 밖으로 튀어나가며 징을 쳤다.

기척을 죽여 가며 오두막에 다가서던 황의인은 만팔이 뛰쳐나오자 깜짝 놀랐다.

"제길, 감이 좋은 놈이군. 이풍!"

말이 떨어지기가 무섭게 흰 무복이 펄럭이며 백의인이 만팔의 쇄골을 찍고는, 다리를 걸어 넘어트렸다.

악! 소리를 내면서 만팔이 고통에 찬 와중에도 비명을 질렀다.

"도둑이다, 도둑이야!"

몸을 굴리며 비척거린 만팔이 송진 가루를 화톳불에 던져 넣으려 했지만 황의인이 더 빨랐다.

훌쩍 몸을 띄우더니 냅다 화로를 걷어차는데, 특별히 주문한 묵직한 화로가 들썩이며 기울어졌다.

"헉!"

도저히 인간의 힘으로 볼 수 없는 괴력에 만팔이 헛바람을 삼키며 징을 두들기려 했다.

"질긴 놈 같으니. 끝내 일을 번거롭게 하는구나."

백의인이 만팔의 팔을 밟으며 반대쪽 발로 안면을 걷어찼다.

"으악!"

새우처럼 몸을 꺾자 그 위로 분노한 백의인의 발길질이 날아들었다.

퍼억. 퍽.

다섯 번쯤 차자 만팔의 거구가 축 늘어졌다.

창자까지 울리는 고통은 몸이 튼튼하다고 자부하는 만팔로서도 도저히 참아 넘길 만한 성질의 것이 아니었다.

"쯧, 곱게 죽을 수 있었는데 화를 자초하는군."

백의인을 물리며 다가온 황의인이 축 늘어진 만팔을 짓밟았다.

퍼억. 퍼억. 퍼억.

어찌나 아픈지 정신을 잃은 와중에도 만팔이 입을 빼끔거리며 억눌린 신음을 흘렸다.

"끄으으으으."

"어쩔까요?"

"소란이 있었으니 하오문도들이 올 거다. 자칫해서 사람을 죽였다가 나중에 하오문도가 꼬이면 골치 아파. 재빨리 나무만 챙겨서 도망간다."

마차에 황장목이 실리는 것을 확인하고는 황의인이 검을 빼 들면서 싸늘하게 웃었다.

"뭐, 기념으로 일단 턱뼈를 부수고, 팔다리 정도는 부러트려도 되겠지. 죽지만 않으면 문제가 아니니까."

"꺽. 꺽."

숨이 막혀 기도를 잡고 켁켁거리는 만팔에게로 황의인이 다가가려는데 오두막 문이 벌컥 열리며 몽견이 튀어나왔다.

"만팔! 만팔!"

절뚝거리면서 몽견이 튀어나오자 황의인이 버럭 소리를 질렀다.

"이건 뭐야? 한 명이 더 있어? 이야기와는 다르잖아."

"얼마 전에 다 죽어 가는 병신을 한 마리 주웠다더니, 설마 걸어 다닐 정도로 회복했을 줄은 몰랐습니다."

"정말 가지가지 하는군. 저놈도 하오문도인가?"

"아닙니다."

'호오.' 하며 황의인의 눈이 반짝였다.

화색이 도는 얼굴 아래 맺힌 잔인한 미소는 누가 보더라도 섬뜩하다.

"하오문도가 아니니 죽여도 뒤탈이 없겠군."

어깨를 들썩이며 키득거린 황의인이 수하들에게 명령했다.

"먼저 나무를 싣고 가라. 잠시 재미를 본 후 뒤따라가겠다."

이미 상관의 성격과 유희를 잘 알고 있는 수하들은 지체 없이 나무를 싣고 어둠 속으로 사라졌다.

"주기적으로 손맛을 익혀야 하는데 운이 좋군."

한 명을 제외하고 수하들이 충분히 떨어진 것을 확인한 황의인이 허공에 검을 털면서 몽견에게로 걸어갔다.

"몽견아, 피해…… 쿨럭!"

가까스로 정신을 차린 만팔이 몽견의 위기에 바둥거리자 목을 밟고 있던 백의인의 왼 다리가 금방 그의 턱을 걷어찼다.

머리를 제대로 맞았는지 만팔의 거구가 다시금 축 늘어졌다.

백의인이 황의인을 채근했다.

"시간이 없습니다. 빨리 용무를 끝내고 뒤쫓아야 합니다."

"채근하지 마라, 이풍. 금방 끝나니까. 흐흐흐."

살소를 머금고 다가오는 황의인이 보이지 않는지 몽견의 시선은 꿈틀거리는 만팔에게만 머물러 있었다.

"하하하. 걱정 마라. 머지않아 뒤따라 보낼 터이니 외롭진 않을 거다."

조소하는 남자의 말을 듣지 못했는지 몽견이 입술을 깨물며 으득으득 이를 간다.

"만…… 팔……."

순간 몽견의 눈에 붉은 기운이 꿈틀거렸다.

지옥 유부의 꺼지지 않는 불길처럼 번뜩이는 안광에 황의인이 어깨를 움찔거렸다.

하지만, 이내 침을 뱉으며 욕지거리를 내뱉었다.

"이런 병신 녀석이 감히 누구를 노려보는 거냐? 두 번 다시 어르신을 바라볼 수 없게 만들어 주마."

치켜든 검신을 타고 월광이 비쳐 들었다.

시린 검광이 몽견의 눈가에 머물렀을 때, 백치처럼 하얗기만 하던 몽견의 미간이 야수처럼 일그러졌다.

* * *

콰앙!

골패를 가지고 놀던 하오문도 둘이 갑자기 들려온 굉음에 손에 든 패를 떨어트렸다.

"어이쿠, 이게 무슨 소리야?"

"꼭 벽력탄이 터지는 소리 같구먼."

두 문도는 벌벌 떨면서 재빨리 밖의 화로에 송진 가루를 던지고 징을 울리며 달려갔다.

어두운 가운데 피어오르는 연기를 가늠하며 한참을 달린 두 사람은 무척이나 기괴한 관경을 목격했다.

"이봐! 네 사람이 쓰러져 있다!"

"네 사람?"

후다닥 달려가 사지를 대자로 뻗치고 쓰러진 백의인을 확인한 사내가 화들짝 놀랐다.

"이건 뭐야? 이, 이풍이다. 낭백검 이풍이야!"

"이, 이쪽은 잔극사검 단요야. 말도 안 돼. 이 두 사람이 여기에는 왜 자빠져 있지?"

이풍과 단요는 강호의 진짜배기 고수로 고작 도적질이나 할 위인이 아니었다.

야밤중에 시체가 되어 쓰러질 인물은 더더욱 아니었다.

"이런 황당한 일이 있나. 당장에 대목장께 알리고, 지부장님께 보고해!"

뒤이어 달려온 하오문도들은 장내를 정리하고 마차 바퀴 자국을 정리하느라 한동안 부산을 떨었다.

* * *

무한에서 하오문도를 관리하는 지부장은 소안위로, 뛰어난 미색과는 어울리지 않게 독사갈이라는 별호로 더욱 유명했다. 어렸을 적부터 거두어져 하오문의 손에 자란 그녀는 무공과 능력을 인정받아 무한 지부의 지부장을 맡고 있었다.

그녀가 머무는 곳은 동호가 한눈에 내려다보이는 거대한 장원형 기루의 심처로, 그곳은 하오문 무한 지부의 중심이나 마찬가지였다.

깊숙한 내실에서 서류를 들추던 그녀는 대목장이 알려온 소식에 쌍심지를 돋웠다.

"뭐라고요? 황가장에 납품하기로 한 목재를 도둑맞았다?"

대목장이 큰 체구에 걸맞지 않게 굽실거리며 머리를 조아렸다.

꿇어앉은 대목장의 뒤통수를 살벌하게 노려보며 소안위가 기세를 끌어올렸다.

"어떤 간 큰 놈들이 본 문의 재물을 약탈한 거지요?"

절정의 고수가 쏘아 내는 기세를 고작 이류 수준의 대목장이 견딜 수 있을 리 없다.

하얗게 탈색된 안색을 하면서도 필사적으로 입을 놀렸다.

"그게…… 잘, 모르겠습니다."

"재산을 도둑맞고도 모른다라, 무책임하군요. 불침번까지 세워 놨는데 어떻게 또 이런 일이 벌어진 거지요? 도대체 일처리를 어떻게 하는 건가요!"

바닥에 석고대죄를 하던 대목장이 핼쑥해진 안색으로 대꾸했다.

"위 목장에게 일임하여 꼬박꼬박 번을 세우도록 지시했는데 수작을 부려 일이 커졌습니다. 잘못이 있다면 그자를 벌하십시오."

벌벌 떠는 대목장을 무시하며 소안위가 대모에게 물었다.

"얼마나 손실이 생겼지요?"

"여덟 개의 목재가 날아갔습니다."

"다행이군요. 생각보다 심각하지는 않아요."

대목장이 보유하고 있는 나무는 사백을 헤아린다.

납품을 해야 하는 입장상, 큰 출혈은 아니다. 그런데 대모의 표정이 조금 묘했다.

"그런데…… 황장목(黃腸木)이 날아갔습니다."

"뭐라고?"

소안위가 펄쩍 뛰었다.

황장목은 목질이 황금빛으로 빛나는 목재로, 더디게 자라 찾기가 힘들고 구하기도 힘든 희귀하기가 이를 데 없는 목재다.

잘 썩지 않고 단단하여, 금강송(金剛松)이라고 부르며 궁궐이나 왕족의 관을 짜는 데 쓰인다. 특히 대목장의 황장목은 영성이 있다고 하여 어지간한 벌목공들은 손조차 못 대던 나무였다.

"황장목은 보통 목재 수백 개의 가치가 있다는 건 잘 아실 터. 특히나 곧 관부에 들어가야 하는데…… 난감하군요. 짐작이 가는 배후가 있나요?"

"짐작 가는 곳은 있지만 증거가 없습니다. 이미 표면을 깎고 아교를 발라 화인까지 찍었을 테니 되찾을 방도도 없습니다."

하룻밤 사이에 귀한 황장목이 날아갔다고 생각하자 소안위는 짜증이 치밀었다.

"짐작 가는 곳은 어디지요?"

"해주상단입니다."

"해주상단? 본 문과 사이가 나쁘지 않은 그들이 의외로군요. 증거는 찾았나요?"

"증거라기보다 재미있는 일이 일어났습니다. 어제, 도난이 일어난 장소에서 두 구의 시체가 발견되었는데 바로 단요와 이풍이었습니다."

대모의 말에 소안위는 적잖이 놀랐다.

두 사람은 각기 일류를 상회하는 고수로 강호를 진동시키는 수준은 아니지만 어지간한 무사들은 단숨에 찜 쪄 먹을 고수들이었다.

"또한, 그들의 목에서 이것이 발견되었습니다."

곱게 접힌 비단 위에 놓인 조잡한 나비 장식을 본 소안위의 눈이 커다랗게 변했다.

보통의 사람들이라면 시전에서 흔하게 볼 수 있는 조잡한 노리개쯤으로 보겠지만, 무한의 지부장쯤 되면 그것이 당가에서도 쓰이는 화접표라는 것을 알 수 있었다.

특히, 나비의 머리 부분에 자그맣게 새겨진 '절(絕)'이 뜻하는 바는 오직 하나다.

"악! 이건, 암왕의 화접표…… 이게 도대체 어찌 된 일이죠?"

"당가의 사정은 잘 모르겠지만, 두 사람은 사천에서 흘러들었습니다. 아마도 당가와 악연이 있었으리라 막연히 추정하는 바입니다."

"아무리 죄를 졌어도 암왕께서 직접 나서시다니, 말이 되지 않아요."

"그분의 제자께서 나섰을지도 모르죠. 제자는 키우지 않는다지만 비밀이 많은 당가이니 근래에 후계자가 생겼을지도 모르는 일입니다. 만약에 가문의 적을 수련차 공격했다면 딱히 이해하지 못할 것도 없습니다."

너무 억측이 심한 것도 같지만 암왕의 화접표가 맞다면 오직 암왕과 암제밖에 만들지 못할 뿐 아니라, 사용법도 극히 까다로워 직계 중에서도 직계에 속하는 소수의 사람만이 출수하는 게 가능했다.

폐쇄성이 심한 당문은 알려진 바도 많지 않으니 그저 그러려니 하는 것 외에는 딱히 방도도 없었다.

"본 문에 알리지 않았던 것을 보면 등장을 숨기고 싶어 하는 모양이니, 일단은 가만히 있는 것이 좋겠습니다."

대모의 조언에 소안위도 동의했다.

좋게 말해 종잡을 수가 없고, 나쁘게 말하면 성격이 더럽고 뒤끝이 긴 게 당문이었다. 먼저 알려 오지 않은 한, 모른 척하는 것이 능사였다.

"후우. 뭐, 일단은 관부에 납품할 황장목은 대체할 목재를 제공하고 사죄를 하는 수밖에요. 손실이 크겠지만 당장 방도도 없군요."

일을 결정한 소안위가 다시 대목장에게 눈을 돌렸다.

대목장은 단번에 사색이 되었다.

"모두 위 목장 탓입니다. 위 목장이 제 주머니를 불리려 덜떨어진 놈을 불침번으로 세워 벌어진 일이니 부디 용서하여 주십시오."

"흥, 그런 관리를 하라고 대목장 지위가 있는 겁니다."

독사갈이라는 악명을 잘 알고 있는 그는 몸을 바닥에 바짝 붙이며 벌벌 떨었다.

"부, 부디, 선처를……."

"흐응, 선처라……."

말꼬리를 늘이던 소안위가 손을 휘저었다.

"으악!"

허공에 빛이 번쩍이자 대목장이 귀를 부여잡으며 바닥을 뒹굴었다.

귀를 싸쥔 그의 손가락 사이로 굵은 선혈이 뚝뚝 떨어지고 있었다.

"그대의 귀 하나로 이번 일에 대한 책임은 마무리 짓도록 하지요. 대모!"

"예, 지부장님."

"일을 처리한 위 목장을 잡아 오고, 만팔이라는 자도 잡아 오세요. 일에 관계된 이들은 전부!"

추상같은 명령에 하오문의 무사들이 명을 이행하러 뛰쳐 나갔다.

* * *

대목장이 소안위에게 불려 갔다는 말을 전해 들은 위 목장이 버럭 소리를 질렀다.

"뭐야? 나무를 도둑맞았어?"

"큰 손실은 아니었지만, 황장목이 없어졌답니다."

"제길……."

평생을 벌목장에서 살아온 그가 황장목의 가치를 모를 리가 없다.

눈앞이 깜깜해지며 맥이 탁 풀린 위 목장이 벌목꾼을 닦달했다.

"녀석은? 만팔 녀석은 어떻게 됐지?"

"조금 다치기는 했지만, 생명에는 지장이 없다고 합니다."

돌아온 말에 위 목장은 '제길!'을 연발했다.

죽었다면 죄를 덮어씌워 무마하면 그만인데 그마저도 어렵게 되었으니, 책임 소재가 불거진다면 당장에 경을 치게 생겼다.

평소 인정사정 보지 않는 칼 같은 일처리로 '독사갈'이라 불리는 지부장은, 어떻게 구워삶을 수 있는 존재도 아니었다.

푼돈 몇 푼 챙기려다가 목이 날아가게 생겼으니, 위 목장은 억울하기 그지없었다.

망연자실하게 서 있던 위 목장이 다급히 정신을 차리며 옷매를 추슬렀다.

"가만히 있다간 큰일 나겠다."

"어쩌실 겁니까?"

"멍청이의 입을 닫아야지. 놈이 책임을 뒤집어쓰면 최악의 경우는 피할 수 있어."

"스스로 자백하게 만들기가 쉬울까요?"

"놈은 나를 제법 믿고 있지. 어르고 달래면 어렵지 않게 스스로 죄를 청하게 만들 수 있어."

목이 날아가게 생겼으니, 불가능도 가능하게 만들어야 할 시점이었다.

안달 난 위 목장이 만팔을 찾았을 때는 막 하오문의 위사들이 당도한 이후였다.

채근하는 그들에게 사태를 먼저 파악해 보겠다며 시간을 번 위 목장은 재빨리 만팔을 으슥한 장소로 불러냈다.

멍과 상처로 팅팅 불은 만팔은 애처로운 모습에 무사들이 체포하러 달려오자 겁을 잔뜩 집어먹은 상태였다.

위 목장이 은근한 어조로 만팔을 달랬다.

"일전에 자네가 나무를 잊어버렸다는 소리를 들었지."

"예…… 혹시 저는 이제 어떻게 되는 건가요?"

"걱정 말게. 내가 말한 대로 하면 다 잘될 테니까."

이야기가 먹혀 들어가자 위 목장이 만팔의 주위를 빙빙 돌며 쥐꼬리 수염을 쓰다듬었다.

"황장목은 비싸. 가격도 가격이지만 조만간 높으신 분에게 납품이 될 중요한 나무였거든. 그 나무가 없어졌어. 누군가 책임을 져야 할 사람이 필요하지."

거기까지 말한 위 목장이 한마디 덧붙였다.

"지부장님은 무서운 분이야."

독사갈의 악명은 만팔도 들었다.

얼굴이 하얗게 질린 만팔을 보며 내심 쾌재를 부른 위 목장이 덧붙였다.

"걱정 말게. 내가 지부장님을 잘 알지. 내 말대로만 한다면 지부장님에게 최대한 선처를 이끌어 낼 수 있어."

눈을 뒤룩뒤룩 굴리는 만팔에게 위 목장이 소곤댔다.

"지부장님은 공명정대한 분이라 자신의 죄를 아는 이에게는 죄를 묻지 않지. 자네는 당장 가서 죄를 청하고 석고대죄를 해야 하는 거야."

제 죽는 일인 줄도 모르고 멍청한 만팔은 그저 고개만 바람 소리 나게 끄덕였다.

그때였다. 으슥한 골목에서 작은 체구가 솟아올랐다.

"만팔……?"

"웬 놈이냐?"

처음 보는 얼굴에 위 목장이 미간을 찌푸렸다.

걸어 나오는 녀석은 얼굴이 자상으로 가득하고 다리마저

절뚝이는 놈이었는데, 근방에서 절대 보지 못한 얼굴이었다.

그를 알아본 만팔이 후다닥 달려가 부축을 했다.

"누워 있지, 왜 나왔어?"

마치 친동생을 다루듯 하는 양을 보며 위 목장이 고개를 갸웃거렸다.

"누구인가?"

"강가에서 주웠습니다. 얼마 전에 동생 삼았습니다."

"흐음."

위 목장의 째진 눈이 재빨리 움직였다.

아무리 보아도 바보 놈이 병신 하나를 주워 온 모양이었다.

'이거 일이 잘되려고 하는구나. 저 병신 놈에게 죄를 뒤집어씌워 버리자. 잘하면 나는 무사히 넘어갈 수도 있겠어.'

없던 죄도 만들어 내는 세상이다. 머리를 써서 병신 하나를 적의 첩자로 속여 죽이는 일 정도야 위 목장이 가장 자신 있는 것 중 하나였다.

그날 저녁, 만팔은 하오문 지역부로 끌려갔다.

넋이 나간 몽견은 만팔을 졸졸 뒤따르려 하다가 위 목장에게 뒷덜미를 붙잡혔다.

"너는 나와 함께 가야 한다."

"만팔…… 만팔……."

두 손을 휘젓는 그를 보며 만팔이 다가와 머리를 쓰다듬어 주었다.

"괜찮아. 위 목장께서 잘 처리해 주실 테니 금방 돌아올 수 있을 거야."

만팔이 끌려가고 시야에서 보이지 않게 되자, 위 목장의 표정이 일변했다.

"이 첩자 놈을 묶어라!"

곁에 있던 장한 넷이 달려들어 몽견의 사지를 붙잡고 결박하려 했다.

당황한 몽견이 발버둥을 치자 장한들이 진땀을 흘렸다.

"웬 미친놈이 이렇게 힘이 좋아?"

"팔을 꽉 눌러! 이대로 두면 도망친다."

"뭣들 하느냐? 어서 묶지 못해?"

버둥거렸지만, 네 명이나 되는 장한이 힘으로 누르자 몽견은 결국 굵은 밧줄에 굴비처럼 엮여 버렸다.

"흥, 꼴좋군. 본 문에서 첩자를 대하는 방식을 똑똑히 보여 주마."

몽견을 질질 끌며 위 목장은 하오문 지역장으로 향했다.

* * *

무릎을 꿇고 앉은 위 목장과 장한들을 내려다보는 소안위의 표정은 냉랭했다.

이미 만팔에 대한 심문이 끝나 갈 무렵에 스스로 찾아온 위 목장의 말에 시커먼 속이 뻔히 보였기 때문이다.

하오문도들이 사기에 능하다지만 어찌 저 살자고 지부장

인 자신을 능멸하려 한단 말인가.

하지만, 머리를 제법 굴렸는지 몽견을 첩자로 몰고, 만팔이 욕심 끝에 도둑놈들과 손을 잡았다는 말은 일견 반박할 구석이 없었다.

"끄응, 어찌한다……."

위 목장을 처벌하는 게 응당 옳은 일이나 저치가 내세운 근거를 반박할 확실한 증좌가 없는 상황. 거기에 오랜 세월 하오문에 있으며 닦아 온 인맥과 손재주에, 임기응변에도 능하기까지.

"실로 난감하구나."

감정과 이성 사이에서 갈등하던 소안위는 문득 병신 청년에 시선이 머물렀다.

도무지 쓸모가 보이지 않는 이였다. 다리는 절고, 손은 굽었으며, 얼굴에는 자상이 가득해서 도무지 쓸모라고는 새끼 토끼의 연애 경험만큼이나 빈약하다.

생각을 정리한 소안위가 짐짓 엄한 목소리로 말했다.

"황장목은 본 문의 중요한 재산이자, 신용과 관계된 물건이었다. 스스로의 이익을 취하고자 감히……."

판결을 이어 나가려던 소안위는 몽견의 얼굴에 시선이 닿았다.

"잠깐…… 이상하군."

어딘가 익숙한 기운이 느껴져 소안위가 말을 멈춘 채 몽견을 뚫어지게 쳐다봤다.

혹시나 아는 체를 할까 기대했는데, 두리번거리기를 멈추지 않는 양이 머리에 문제가 있어 보인다.

다시 판결을 내리려고 했지만, 자꾸 마음속에 꺼리는 마음이 커져 이상하게 여긴 소안위가 몽견에게 물었다.

"네 이름이 무엇이냐?"

"몽견."

"너의 본명이 맞느냐?"

"몰라."

도리질을 치는 몽견의 등을 호위무사가 걷어찼다.

켁 하고 답답한 신음을 흘리며 바닥에 쓰러진 아이의 뒷덜미를 잡아채며 무사가 으르렁거렸다.

"감히 지부장님께 고개를 까닥이다니, 네놈이 죽고 싶은 모양이구나."

묘한 표정으로 소안위는 엄포를 놓는 호위 무사를 제지했다.

어떤 연유인지는 모르겠지만, 다시금 절대로 그를 건드려서는 안 된다는 마음이 뭉게구름처럼 피어오른 탓이다.

몽견은 아무리 살펴도 도무지 특출한 구석이 없었다.

태양혈은 밋밋하고 몸도 불편해 보이거니와, 강호인도 아니고 개라고 불러도 좋아하는 꼴을 보니 머리도 정상이 아니었다.

딕을 괴며 불안감을 애써 떨쳐 낸 소안위가 재차 말문을 열었다.

"네가 도적들과 작당을 하여 본 문의 기물을 훔치게 하였느냐?"

"……."

"이놈아! 지부장님께 똑바로 대답해라!"

대꾸가 없자 호위무사가 몽견을 멱살을 집어 올렸다.

몽견이 대롱대롱 매달렸다.

무사가 막 따귀를 때리려는데 소안위의 날 선 목소리가 뒤따랐다.

"그 아이에게 함부로 손을 놀리면 팔목을 날리겠어요."

등골이 서늘해지는 냉기 어린 목소리에 무사가 깜짝 놀라 물러섰다.

놀라기는 소안위도 마찬가지였다.

그녀는 절대로 무사를 제지할 생각이 없었다.

곁에서 보고 있던 대모가 슬쩍 다가와 귓가에 소곤댔다.

"지부장님, 죄인을 단죄하지 않으면 기강이 해이해질 우려가 있습니다."

"알고 있어요."

말하면서도 이상한 일이었다. 몹시 마음이 한쪽으로 움직이고 있었으니까.

"판결을 내리겠어요. 저자를 당장 문에 해악을 끼친 죄를 물어 팔다리 근육을 잘라 노역장으로 보내고, 몽견과 만팔은 손실액 은자 오십 냥을 갚도록 하세요."

내심 승리를 장담하던 위 목장이 펄쩍 뛰며 따졌다.

"본인은 평생을 문파에 봉사해 왔습니다. 어찌 제게 이럴 수 있단 말입니까?"

쉬익!

"크악!"

억울함을 토로하던 위 목장이 허벅지에 단검이 박힌 채로 바닥을 굴렀다.

대기하고 있던 무사들이 단번에 오랏줄로 그를 묶고는 거칠게 밖으로 끌고 나갔다. 마지막까지 억울함을 호소했지만, 소안위의 결단은 바뀔 줄을 몰랐다.

'내가…… 뭐라고 한 거지?'

소안위 본인조차 자신이 내린 결정이 이해가 가지 않아 혼란에 빠졌기에, 그날의 심판은 이렇게 끝이 나고 말았다.

四. 일꾼 몽견

은자 오십 냥은 일개 일꾼이 갚기에는 어마어마한 돈이다.

보통 십 년은 죽어라 일해도 장담을 못 할 정도의 거금이니, 두 사람이 일을 해도 오 년은 족히 넘어야 자유의 몸이 될 수 있다.

힘이 좋은 만팔은 상단에 끌려갔고, 몽견은 화정루에서 노역을 배당받았다.

만팔은 떠나가면서도 몽견과 헤어짐을 아쉬워하며 점이 되어 사라질 때까지 손을 흔들기를 멈추지 않았다.

"이봐, 이제 일을 할 시간이다."

부역장에게 몽견의 존재는 참으로 곤혹스럽기 짝이 없었다.

내원과 외원, 청루와 홍루가 있는 기루는 거의 작은 마을만큼 커서 일거리는 넘쳐 나지만, 몸이 아무짝에도 쓸모가 없지 않은가.

'다리도 절고 힘도 없어 보이네. 이런 병신을 어디에 쓰라는 거야?'

얼굴이라도 말쑥하면 호객이라도 시키겠는데, 자상 가득한 얼굴은 오히려 손님이 도망치지 않으면 다행이었다.

그렇다고 거부하자니, 지부장의 후환이 두려웠다.

독사갈이라 불리던 소안위가 판결을 뒤집고 몽견을 두둔한 사실은 이미 소문이 쫙 퍼졌다.

어찌 된 영문인지 모르지만 지부장이 주시하고 있는 이상, 어쩌기에는 부역장의 간이 너무 작았다.

"에효, 나야 까라면 까야지. 계급이 깡패야, 깡패."

마음 편히 먹으면 딱히 맡기지 않을 것도 없었다.

스스로 생각하지 않아도 일거리를 안겨 주는 법은 많았다.

몽견을 일꾼들의 숙소로 데리고 간 부역장이 고참 일꾼을 불렀다.

"네가 알아서 이놈에게 숙소와 일을 줘라."

양손을 비비며 간이며 쓸개며 내줄 것처럼 아부하던 고참 일꾼은 부역장이 돌아가자마자 바닥에 침을 탁 뱉으며 으르렁거렸다.

"이런 젠장! 아무리 계급이 깡패라도 병신 녀석에게 일을 주라니, 너무하잖아?"

어쨌든 구색이라도 맞출 생각으로 고참 일꾼이 한쪽 구석에 세워 둔 도끼를 가리켰다.

"넌 뭘 시켜도 고만고만할 것 같으니 낮에는 아침에 들어오는 물건들을 나르고, 장작이나 패라."

다음 날부터 몽견은 일꾼들과 함께 짐을 나르고 나무를

팼다.

역시나 고참이 생각한 그대로였다.

굽은 손과 절뚝이는 다리로는 실수가 잦아 일은커녕 방해만 되어 일거리가 늘어났다.

그럴 때마다 고참은 몇 번이고 달려가 억지로 일으켜 세우고 윽박질렀다.

하지만 몸이 온전치 못하니 다그친다고 일을 잘할 수 있을 리가 없지 않은가.

하오문도가 아닌 단기 고용인인 고참으로서는 몽견이 지부장의 후광을 얻었든 염분을 가졌든 상관이 없었기에 괴롭힘은 무자비했다.

다른 일꾼들도 일거릴 만드는 몽견을 좋게 볼 리가 없어 하루 종일 쫓아다니면서 놀려 댔다.

"또 상자를 부쉈군. 부역장님 뒷머리 잡겠다."

"헹, 도무지 저런 병신을 어디에 쓰라는 거야? 지역장님도 너무하셔."

몇몇은 절뚝거리는 몽견의 다리를 걸거나 시비를 걸거나 하며 낄낄거렸는데, 기특하게도 몽견은 괴롭힘에도 꿋꿋하게 버티며 군말 없이 제 일만 했다.

매일같이 흙투성이가 된 채 끔찍한 몰골이었지만, 몽견은 쉬지 않고 움직였다.

아무도 가까이하려 하지 않아 홀로 멀리 떨어진 허름한 숙소에서 몽견은 홀로 생활했다.

돌아올 때면 쓰러지듯 침상에 엎어져 잠에 빠지곤 했는데, 아직 성치 않은 몸으로 하는 노역은 너무 고됐다.

삐걱대는 몸은 아프지 않은 곳이 없었고, 온몸에는 열이 가시지 않았다.

고열에 시달리며 잠에 들곤 하는 몽견은 어느 밤부터인가 검 조각을 쥐며 잠이 들었는데, 여지없이 흑의인이 나와 기이한 선문답을 이어 갔다.

"선지자는 말했다. 하나와 만은 일통하니. 법이 무한하다 하나에 이르지 않고, 단순하다 다변이 숨어 있지 않을 리가 없다. 이는 곧 태극과, 음양과, 천지의 근본이 무량임이 아니고 무엇이겠는가?"

꿈속에서 몽견은 불편한 몸이 아니었다.

그는 수많은 검로를 그리며 춤사위 같은 동작을 이어 갔는데, 몽견은 그런 꿈속의 시간을 즐겼다.

그러던 어느 날, 아침에 일어나 보니 굽은 손이 펴져 있었다.

"손이 꿈처럼 움직인다."

오므렸다 폈다 하며 손을 꿈틀거린 몽견은 이상하게도 검 조각을 쥐고 잔 다음 날에는 전신을 내달리던 고통이 씻은 듯이 사라진다는 사실을 깨달았다.

이후로, 그는 언제나 검 조각을 쥐고 잠을 잤으며, 몸 상태는 빠르게 낫기 시작했다.

꿈에서 자유롭게 움직이며, 흑의인과 수련을 하는 몽견

은 채 한 달이 넘지 않아 그럭저럭 움직일 만한 여력이 생겼다.

여러 날이 지나고 몽견은 노인인지, 중년인인지, 어린아이인지 알 수 없는 흑의를 입은 남자의 공격을 막고 반격하는 것이 가능해졌다.

"희한한 일이야. 나는 전생에 무인이었을까?"

궁금함이 일었지만, 밖에서 자신을 부르는 소리에 재빨리 옷에 팔다리를 꿰어 넣고 새벽이슬을 맞으며 짐을 옮기러 달려가야 했다.

* * *

일을 시작한 지 두 달이 지나고, 세 달이 지났다.

길다면 길고, 짧으면 짧은 시간 동안 큰 변화가 있었는데, 가장 큰 것은 일꾼들의 불평이 쏙 사라졌다는 사실이다.

처음에는 작은 쌀 포대 하나 들지 못해 낑낑거리던 몽견이 언제부턴가 쌀가마를 가볍게 들기 시작하더니, 누구보다 힘 좋은 일꾼이 된 것이다.

종래에는 한 팔에 쌀가마를 하나씩 들고 돌아다니면서도 힘든 기색이 없었다.

굽은 팔도 그럭저럭 펴지고, 다리의 절룩임도 줄어들었다. 사람들은 몽견 주위로 하나둘 모여들었다.

"보기보다는 힘이 장사구나."

"뭔 좋은 것을 혼자 먹기에 저렇게 튼튼해졌을까?"

키도 부쩍부쩍 자라났는데, 살도 통통하게 붙더니 청년의 태를 갖추기 시작했다.

키가 크고 나서는 일도 더욱 잘하고 다리를 저는 것도 잦아들었다.

가끔씩 찾아오는 어둠 속의 대결에 끙끙거리는 몽견을 보며 사람들이 수군댔다.

"밤마다 낑낑거린다던데? 저놈은 밤마다 절벽에서 떨어지는 꿈을 꾸나 봐."

"나는 악몽을 꾸느라 잠을 못 자는 줄 알았는데, 키가 크느라 잠을 못 자는 것이었군. 우리 집 대나무도 저놈보다는 늦게 자랄 거야."

"성장기, 성장기라더니…… 요즘 애들은 참 발육이 빠르다니까?"

짐이 될 것이라 여기던 그가 누구보다 일을 잘하게 되자 사람들이 하나둘 일을 부탁하기 시작했다.

"내가 바쁜 일이 있어서 잠시 나가 봐야 하는데 대신 일을 해 주라."

"얼마 주실 건데요?"

"하, 하, 몽견아. 나 네 고참이야, 고참."

종래에는 가장 못살게 굴었지만 일꾼 중에 가장 유능하던 고참마저 찾아왔는데 몽견의 대답은 한결같았다.

"일한 만큼 받는 것은 기본 중의 기본이라면서요?"

"끄응, 내가 말을 말지. 쳇! 내가 왜 그런 말을 해 가지고…… 어째 저 녀석은 힘이 좋아질 때마다 더욱 뺀질거리는 것 같아."

투덜거리며 주머니를 뒤졌지만 고참은 딱히 기분 나쁜 표정이 아니었다.

구리 몇 문, 철전 몇 개만 쥐어 줘도 힘든 일을 마다하지 않으며 싫은 기색 하나 없고, 신세 지는 마음 없이 깨끗하게 거래하니 차라리 속도 편했다.

그렇게 조금씩 몽견은 화정루에서 필요한 존재로 자라갔다.

* * *

오랜만에 시간이 남아 담벼락에서 볕을 쬐고 있는 몽견에게 고참이 다가왔다.

"너 혹시 말을 다룰 줄은 아냐?"

"글쎄, 잘 모르겠는데요?"

"마구간 일을 대신해 준다면 급료의 이 할을 주마. 어때?"

마구간 일은 고되고, 더럽다.

남들이라면 이 할은커녕, 사 할을 준다고 해도 고개를 젓고 말 것이다.

하지만, 돈을 마다하면 몽견이 아니다.

역시나 벌떡 일어나 엉덩이부터 터는 몽견이었다.

"어디로 가면 되나요?"

"흐흐흐. 너라면 허락할 줄 알았지."

두 사람이 나란히 마구간에 들어가자 기둥에 등을 기대고 곰방대를 빠끔거리던 초로의 노인이 둘을 맞았다.

"이 녀석에게 일을 가르쳐 주십시오."

마구간 노인은 몽견을 보자 와락 인상부터 일그러트렸다.

"야, 이 양심도 없는 놈아. 이런 병신을 어디에 써먹느냐?"

까마귀가 악을 쓰는 듯 까칠한 목소리에 고참이 자라목을 하면서도 필사적으로 부탁했다.

"그러지 마시고 한번 써 보십시오."

"다리까지 절잖아. 빼빼 마른 꼴이 여물 하나 나르지 못할 것 같은데?"

"보기보다 일을 잘한다니까요? 힘도 좋고, 눈썰미도 나쁘지 않으니 제 얼굴을 봐서라도 한번 일을 맡겨 보십시오."

"생긴 꼴이 딱 장작 두 개 겹쳐 놓은 꼴인데 뭐가 힘이 좋아?"

"아, 그러지 말고 한 번만 믿어 보시라니까요?"

고참은 필사적이었다.

순번제로 돌아가는 마구간 일은 더럽고 힘들 뿐만 아니라, 냄새가 몸에 밸 때면 골치까지 아팠다. 집에 돌아가면 마누라가 냄새난다고 구박까지 하는 판이었다.

무슨 일이 있더라도 몽견에게 일을 맡겨야 할 만큼 절박하게 구박을 당해 왔던 기억이 떠올라 고참은 다시금 머리를 숙였다.

“부탁드립니다.”

“아, 안 된대도! 당장 썩 꺼져!”

두 사람이 옥신각신하는 양을 구경하던 몽견은 하품을 쩍 하더니 총총거리며 말들에게 다가가 손을 뻗었다.

“이놈아, 손 물린다!”

노인이 버럭 성을 질렀는데, 물리기는커녕 멀리서 여물을 뜯던 말들이 귀를 쫑긋거리며 다가와 몽견의 팔에 얼굴을 부비며 난리를 치기 시작하는 것이 아닌가.

노인이 멍하니 말을 쓰다듬는 몽견에게 물었다.

“혹시 말을 길러 본 적이 있느냐?”

“말? 이게 말인가요?”

어린아이처럼 고개를 갸웃거리는 몽견이 신기한 듯 되물었다.

“말을 처음 본다니, 너는 지금 나를 놀리는 게냐?”

성을 내는 노인에게 고참이 소곤거리며 설명했다.

“머리가 좀 이상한 놈이에요. 정신이 반쯤 나갔는데 일은 잘한다니까요?”

“흐음.”

언제나 마구간의 일손은 부족하다.

말을 두려워하지 않고 고된 일도 마다하지 않는데 바보면 어떤가? 동면 도중에 깨어나 잠이 덜 깬 곰 정도의 머리라도 일단 쓰고 볼 일이었다.

'속는 셈치고 잠깐 가르쳐 볼까?'

도망가려고 혈안이 된 뺀질거리는 일꾼과 실랑이를 하는 것보다 좀 덜떨어져 보여도 싹수가 보이는 놈을 키우는 쪽이 나았다.

무엇보다 노인은 심심했다.

마구간 냄새는 어지간한 비위를 가진 사람도 참아 내기 힘들다. 제아무리 짚단을 깔고 치워 봐도 여름철에는 고약한 냄새가 코를 찌른다.

냄새가 공격력이 있다면 능히 백만 대군을 몰살시킬 위력이라 하겠다.

인내심이 강한 일꾼들도 도망을 가는 악취인데, 저 몽견이란 놈은 참으로 태연했다.

"내 살다 살다 너처럼 비위가 좋은 놈은 처음 본다. 보통 신참은 엊그제 먹은 밥까지 확인한다고 설치는데 그거 하난 마음에 들어. 말의 오물을 치우고, 다치지 않게 돌보기도 하고, 여물을 주는 게 네 일이다. 알겠느냐?"

"알겠습니다."

천연덕스러운 대답이 돌아왔다.

노인이 뭐라 말하기도 전에 몽견이 절뚝거리며 마구간을 둘러보는데, 마치 산책을 하는 유생과도 같이 허허로운 걸음걸이였다.

몽견이 두리번거리자 마구간지기 알기를 날파리 보듯 하던 자존심 높은 명마들이 우르르 몰려들어 알짱거리기 시작한다. 마치 어미 오리를 뒤따르는 새끼 오리들 같은 모습에 마구간 노인이 입을 딱 벌렸다.

'저거 천생 마구간지기다. 내 일생일대의 비법을 전수해도 좋겠어.'

마른 장작개비 두 개에서 후계자로 신분이 수직 상승한 몽견이 다소곳이 앉아 마구간 노인의 말을 경청했다.

"간단히 말을 돌보는 일을 가르쳐 주마."

마구간 한편으로 몽견을 이끈 노인이 더러운 천을 집어 들었다.

"말은 주기적으로 씻겨야 한다. 잘못하면 부스럼이 생기고, 털이 빠지거든. 윤기를 항상 유지하기 위해서는 잘 씻기고 잘 말려야지. 습기는 많아도 안 되고, 적어도 안 되니까 항상 마른 짚더미의 두께를 달리해서 유지해야 한다."

"습할 때는 짚을 두 겹으로 덮어 주고, 간간히 이삭을 뿌려 준다."

"어라? 어디서 들었냐?"

노인의 물음에 몽견이 되레 모르는 얼굴을 했다.

"맞습니까?"

천진한 대꾸에 노인이 입맛을 다셨다.

"뭐, 다음은 여물이다. 보통 귀리와 짚을 적당히 섞어 줘야 하는데, 초원에서 풀을 뜯는 게 아닌 이상 언제나 말은 필수 영양이 부족하지. 이럴 때는……."

"적당히 소금을 섞어 주면 되지요."

"……."

'말 끊지 마!' 하고 소리 지르고 싶은데 정곡을 찔려 말할 기회를 놓친 노인이 미간을 찌푸렸다.

"말도 처음 본다는 놈이 어찌 그렇게 잘 알아?"

"글쎄요? 일전에 해 본 적이 있는 것 같아요."

"혹시 더 아는 것이 있냐?"

"……말을 씻길 때는 운동을 한 말은 미지근한 물로 하며 근육을 이완시키기 위해 주 근육을 중점적으로 닦는다. 운동을 하지 않은 말은 엉덩이 옆이나 꼬리 윗부분에 찬물을 뿌려 허리를 웅크리게 한다. 뒷다리가 몸 밑으로 들리며, 등과 허리를 자극하게 되는데, 주기적으로 해 주면 소화가 빨라지고……."

"그만, 그만."

책을 읽듯 무미건조하게 이어지는 몽견의 말을 막으며 노인이 곰방대를 휘저었다.

"그만하면 됐다. 지식은 지식일 뿐이지. 직접 한번 해 보는 것만 못해. 당장 소매 걷고 달려와!"

처음부터 힘든 일을 시킬 요량으로 노인이 몽견에게 천과 물동이를 맡겼다.

"흐흐흐. 말을 씻기는 일은 힘들고 위험하지. 잘못하다가는 뒷발에 채이거든. 갈비 몇 개 나가며 배우는……."

음충맞게 웃던 노인은 성깔 더럽기로 소문난 암말 하나가 몽견에게 엉덩이를 살랑거리는 꼴을 보자 말문이 막혔다.

걸레를 쭉 짜더니 여기저기 씻기는데, 뒷발질은커녕 달뜬 표정으로 '하악하악'거린다.

무수히 걷어차이며 말을 씻기던 자신의 과거가 겹쳐 보이자 노인은 억울함이 복받쳐 올랐다.

'암말들이 완전히 발정이 났구나.'

먹이고, 씻기고, 똥오줌 다 갈아 주면 뭘 하나.

젊고 싱싱한 수컷 하나 들어오자 싹 등을 돌리는 말들을 보며 노인은 어쩐지 눈물이 왈칵 흐를 것만 같았다.

그래서 다시 버럭 성을 냈다.

"말도 처음 본다며?"

"아니, 예전에 해 본 적이 있는 것 같다니까요?"

역시나 능청맞은 몽견의 대꾸가 돌아올 따름이었다.

* * *

기루의 특성상, 부유한 사람들이 오는 만큼 명마가 자주 들어오곤 했다.

손짓 한 번에 말의 고개를 숙이게 하는 몽견은 더없이 마구간에서 필요한 존재가 되었다.

가끔 장기 투숙을 하러 온 상단의 사람들이 우르르 말을 몰고 들어와도 몽견은 군말 없이 닦고 먹이를 준비했다. 자장가를 불러 주면 말들은 하나같이 잠을 잤고, 밥을 쏟아부으면 우르르 몰려와 여물을 뜯었다.

말을 잘 다룰 뿐만 아니라, 몽견의 손재주는 남다른 구석이 있었다.

솜씨 좋게 말의 발톱을 깎고, 편자를 갈아 끼우는데, 어찌나 능숙한지 평생 마구간 일을 하던 노인도 멍하니 쳐다볼 정도였다.

발톱을 너무 많이 자르면 말이 불편해하고, 새로운 편자를 끼면 발목에 무리가 간다.

몽견은 말 갈퀴를 쓰다듬으며 편자를 갈고 발톱을 잘랐는데, 발톱은 언제나 절묘하게 필요한 만큼만 깎았고, 편자는 두 번 두들길 필요가 없이 꼭 맞았다.

손놀림이 어찌나 신통방통한지 어떻게든 꼬투리를 잡으려던 노인은 두 손 두 발 다 들었다.

가장 기꺼운 점은 몽견의 근면함이었다.

아침 해가 뜨기도 전에 마구간을 들락날락하더니, 이제는 아예 모포를 가지고 와 마구간에서 숙식을 해결하곤 했는데, 그 지극정성이 더할 나위 없었다.

"마구간의 일은 더럽고 힘들어 다들 꺼리지. 하지만, 꼭 필요한 일이야. 너는 정말이지 천생 말을 다룰 팔자구나."

예전에 말을 다뤘다는 말을 이제야 믿게 된 마구간 노인은 이제 어지간해서는 나서지 않았다. 그저 말똥과 야초를 섞어 돌돌 말아 곰방대에 우겨 넣으며 자리나 지켰다.

덕분에 사고를 쳐 마구간 일을 하게 된 말썽쟁이 일꾼들도 신이 났다.

"몽견아, 형님들은 쉬러 갈 테니 알아서 뒤처리해 놔라."

"삼 할입니다."

"전달에는 이 할 아니었냐?"

"지난달은 신장개업 기념으로 싸게 받은 거고, 이번 달부터는 삼 할입니다."

"쯧! 이런 돈 귀신 같은 놈. 너 혹시 예전에 고리대금업자였던 것 아니냐? 너무 지독해."

"하긴, 다시 생각해 보면 예전에 해 본 것도 같군요."

마구간 일과 고리대금업의 상관관계는 여자 인간과 남자 인간의 지성 차이만큼 멀리 떨어져 있었지만, 일꾼들은 그저 말똥 냄새에서 해방된 기쁨에 웃어넘길 따름이었다.

그렇게 한 명만 빼고 다들 마구간에서 해방된 어느 날.

부역장은 씩씩거리며 지나가다가 휑한 마구간을 보며 인상을 찌푸렸다.

"이 녀석들이 일은 어쩌고 다들 사라진 거야?"

너른 마구간은 한산했다. 말보다 사람이 눈에 더욱 띄던 마구간에 사람 그림자는 안 보이고, 말들만 보인다.

방금 소안위에게 대판 깨지고 분풀이할 구석을 찾던 그에게는 참으로 좋은 기회였다.

"이리 오너라. 어이쿠, 이놈들이 아무도 없냐?"

휑한 마구간 한가운데서 말을 씻기고 있는 몽견을 발견한 부역장이 배를 내밀고 다가갔다.

"다른 사람은 다 어디 가고 너 혼자 일을 하고 있냐?"

"모두 쉬러 갔습니다."

"미친놈들. 말에 문제가 생기면 본 기루가 욕을 먹는데, 뭐? 쉬러 가? 말을 끌어내 줄 때 이런저런 꼬투리를 잡는 게 허다한데, 아주 개박살이 나려고 환장했구나."

팔을 걷으며 일꾼들 다리 부러트릴 생각만 하는 부역장에게 몽견이 대답했다.

"돈을 받고 일을 대신해 주고 있습니다. 일에는 차질이 없으니 걱정 마십시오."

"마구간 일은 혼자 할 수 있는 일이 아니니……."

부역장은 말을 하면서 트집 잡을 게 없나 주위를 둘러보았다.

그런데 깨끗했다.

눈을 부릅뜨고 꼬투리를 잡을 구석을 찾았지만, 마구간은 오히려 전에 없이 깨끗했다.

바닥에는 푹신한 짚이 깔려 있고, 말들은 한가로이 몽견 주위를 얼쩡거리며 기분 좋게 투레질을 한다. 참으로 한가로운 모습이다.

"너 혼자…… 했냐?"

"예."

놀라운 일이지만, 당장에 분풀이 구석을 찾던 부역장은 화를 풀고 싶었다.

"흥, 어쩌다 운이 좋게 온순한 말들이 들어왔나 보군."

"크르릉!"

말하면서 부역장이 가까이 있던 말의 갈퀴를 쓰다듬으려 손을 뻗자, 온순해 보였던 말이 당장에 이를 드러내며 물어뜯으려고 달려들었다.

깜짝 놀란 부역장이 뒷걸음질 치다가 엉덩방아를 찧었다.

몽견이 손가락을 까닥였다.

"인마, 일로 와. 우쭈쭈쭈쭈."

방금 전까지 광견 수준으로 성을 내던 말이 언제 화를 냈나는 듯 총총거리며 다가가 몽견의 어깨에 고개를 부비는 꼴을 보며 부역장은 어이가 없었다.

'이건 뭐, 개도 아니고…….'

놀라긴 했지만, 그보다 쪽팔림이 더욱 컸다. 하늘 같은 부역장이 놀란 꼴을 보고 웃기라고 했을 것이라 생각하니 당장에 분노가 치솟아 오른다.

"참, 네가 다른 사람 일을 대신해 주고 돈을 번다고?"

이번에야말로 꼬투리를 잡았다고 생각한 부역장이 득의양양하게 웃었다.

"흐흐흐. 일은 일이고 돈은 돈이지. 일을 잘하면 좋지만, 그렇다고 사심을 채우면 쓰나? 잘 걸렸다. 이 기회에 하오문의 율법을 가르쳐 주…… 크악!"

득의양양하게 웃던 부역장은 어깨에서 느껴지는 통증에 화들짝 놀랐다.

눈물을 글썽이며 돌아보니, 자신의 어깨를 거대한 흑마가 우물거리고 있었다.

"이, 이놈들이!"

버럭 성을 내며 말을 뿌리친 부역장은 어느새 자신이 커다란 그림자들에게 포위당했다는 사실을 깨달았다. 육십여 두의 말이 씹어 먹을 기세로 노려보자 등줄기가 서늘해졌다.

위급함을 피하고자 부역장이 버럭 소릴 질렀다.

"네놈 짓이냐? 당장 치워!"

빠져나갈 구멍을 찾아 쉴 새 없이 눈을 굴리는 부역장의 귓가로 느긋한 목소리가 들려왔다.

"얘들이 성격이 참 까칠하더라고요. 마음에 안 드는 사람은 다짜고짜 물어뜯고 보는데, 손님 말이니 혼을 낼 수도 없고 참으로 난감한 노릇이지요."

"몽견! 이놈들을 물려라! 어서!"

"글쎄, 말이 사람 말을 알아들어야죠."

"이놈이 진짜, 사람 말이 말 같지……!"

재차 성을 내려던 부역장이 펄쩍 뛰어올랐다.

"으악! 물렸다! 내 팔을 물었어!"

"가끔 얘들이 사람하고 여물을 착각하곤 합니다. 하하하."

"저리 가! 저리 가! 으악! 허벅지를 물었다, 허벅지를 물었어!"

"죄송합니다만 말랑말랑하고 씹을 만한 건 모조리 물어뜯고 보는지라, 가끔 사고가 나더군요. 아이참, 끔찍한 녀석들."

"허억. 허억. 사, 살려! 이놈들아! 거긴 안 돼!"

발굽에 사지를 결박당한 채 사타구니를 향해 다가오는 말 머리를 보며 부역장이 꽥 비명을 질렀다.

"모, 모른 척해 주마. 모른 척해 줄 테니까 어서 이놈들 좀 치워!"

사타구니에서 말의 콧김을 느끼며 부역장이 발버둥을 쳤다.

히죽 웃은 몽견이 휘파람을 불자 말들은 귀를 쫑긋거리며 제자리로 돌아갔다. 말똥과 짚이 덕지덕지 엉겨 붙어 넋이 나간 부역장에게 몽견이 히죽 웃었다.

"갚을 돈은 내일 드리겠습니다."

"아, 알겠다."

"이왕이면 일거리 좀 더 주세요. 시간이 너무 한가해서 무료하거든요."

누구의 말이라고 거부할까.

당장에 달려들 듯이 노려보는 말들을 피해 부역장이 냅다 밖을 향해 뛰었다.

* * *

소안위는 갑자기 찾아와 넙죽 엎드린 부역장을 보며 고개를 갸웃거렸다.

"무슨 일이지요?"

"몽견의 빚을 변제할 금액을 가지고 왔습니다."

한동안 몽견을 잊고 지내던 소안위가 고개를 갸웃거렸다.

"빚이요? 먹고사는 데 필요한 것만 빼고 모조리 월급에서 제하는데 돈 나올 구멍이 어디 있어요?"

와르르 철전을 쏟아 내며 부역장이 고개를 조아렸다.

"근래에 마구간 일을 도우며 대신 일을 해 주고, 돈을 받는 모양입니다."

"욕심이 과하군요. 목숨을 보전한 것도 감지덕지해야 할 녀석이 사심에 돈을 모을 생각을 다 하다니요."

"근데 그게, 일처리가 확실합니다. 믿고 맡겨도 될 정도랍니다."

부역장의 태도가 전에 없이 사정하는 투라 슬쩍 떠보니 역시나 몽견의 이야기가 흘러나왔다.

"뭐라고요? 말 육십여 두를 혼자서 관리시키겠다니, 아주 정신이 나갔군요."

"부탁입니다. 잘못하면 말에게 잡아먹히게 생겼습니다. 살려 주십시오."

횡설수설하는 부역장을 싸늘하게 노려보며 소안위가 소매를 떨치고 일어났다.

"흥! 자신의 말에 책임을 지기를 바라겠어요!"

마구간은 기루 가장자리에 위치하고 있다.

굽실거리는 부역장을 대동하고 호위 무사들과 함께 마구간을 찾은 소안위는 깜짝 놀랐다.

'말도 안 되는 일이지만, 정말 말들의 관리 상태가 좋군. 털에 윤기가 나고 살이 포동포동 찐 것이 정말 대단해.'

내심 감탄했지만, 오늘은 칭찬하러 온 것이 아니라 푸닥거릴 할 셈으로 온 거였다.

짐짓 성을 내고 있으니 마구간 노인이 헐레벌떡 달려왔다.

"지부장님께서 나오셨습니까?"

"몽견은 어디에 갔지요?"

"지금 말발굽을 다듬고 있습니다. 잠시만 기다려 주시면 일이 끝나는 대로 데려오겠습니다."

소안위는 물론 대동하고 온 무사들은 어이가 없었다.

하늘 같은 지부장이 친히 방문했는데 무시하고 말 발톱이나 자르는 싸가지는 뭐란 말인가.

소안위의 눈매가 하늘로 치켜 올라가자 마구간 노인이 급히 말렸다.

"지부장님께서도 녀석이 발톱 다듬는 모습을 보시면 이해하실 겁니다. 어찌나 정성스럽게 깎는지 마치 누가 보면 경건한 의식이라도 드리는 줄 알 겁니다."

갈수록 가관이다.

더러운 말 발톱을 경건하게 잘라 봐야 얼마나 하겠는가.

어이가 없으면서도 호기심이 일어 조용히 안을 들여다보니, 이게 웬일인가.

몽견은 마치 문무백관들의 경의를 받는 양 말들을 나란히 세운 가운데서 발톱을 손질하고 있었다.

"다음."

깔끔하게 발톱을 잘라 내고 한마디 하면, 죽 도열한 말들

이 마치 잘생긴 협객에 열광하는 소녀들처럼 열렬하게 투레질하며 반응하는 것이 아닌가.

아니, 이건 흡사 마교주를 섬기는 골수 마교도들보다 더하면 더했지, 덜하지는 않았다.

"하하하. 요 깍쟁이 같은 녀석. 그새를 못 참고 난리를 피웠구나?"

특히 북방의 야생마 혈통이라 성깔머리가 더러운 소안위 자신의 애마조차 저러고 있는 꼴을 보니…… 차라리 눈을 감아 버리고 싶을 정도였다.

참담함에 몸서리치던 소안위는 문득 저와 같은 광경을 본 적이 있었음을 깨달았다.

'흐음, 잘 기억은 나지 않네. 도대체 어디서 봤을까?'

오랜 기억을 뒤적이는 사이 발톱 깎는 의식을 마친 몽견은 짚을 깔고, 말똥을 치우며 바지런히 움직이고 있었다.

장정 셋이 들어도 낑낑거리는 커다란 여물통을 번쩍번쩍 들어 가지런히 배치하는 모습은 신기에 가까웠다.

말들은 한시도 가만히 있지 않고 그 뒤를 종종 따르는데 어미를 따르는 새끼 오리도 저만큼은 아닐 것 같았다.

마치 마구간에 신이 있다면 저와 같은 모습이라 해도 믿어질 광경에 소안위를 비롯한 모든 이들은 말을 잃었다.

한참 후에야 손을 털며 나온 몽견이 소안위에게 알은 채를 했다.

"무슨 일로 찾아오셨습니까?"

이제 소안위는 추궁할 마음을 버렸다.

일을 잘한다면 칭찬을 해야지 혼을 낼 수 없는 노릇이니까.

대신 눈매를 가늘게 하고 몽견의 이모저모를 살피기 시작했다. 기억보다 부쩍 큰 키와 단단하게 자리 잡은 근육은 두 달 전과 달라도 너무 달랐다.

"네 나이가 몇 살이지?"

"글쎄요, 약관은 되지 않았을까요?"

"워낙 이렇게 키가 컸느냐?"

"최근에 자랐습니다."

"근육은 단기간에 붙지 않는데 제법 좋은 몸을 가지게 되었구나."

"쉬지 않고 일을 한 탓이지요, 뭘."

일도 일이지만, 그의 근골에 그녀는 정신을 빼앗겼다.

처음에 봤을 때는 망가진 몸이 무공은커녕 보통 사람보다도 부실했는데, 지금은 미끈하게 빠진 몸에 단단한 근육이 붙어 제법 볼만했던 것이다.

당장에 무공이라도 가르쳐 보고 싶을 정도로 뛰어난 신체라 소안위가 쩝쩝 입맛을 다셨다.

등 뒤에서 그 모습을 지켜보던 호위들이 소스라치게 놀랐다.

"이런, 지부장님께서 입맛을 다시고 계셔."

"나이를 물어보고 몸을 저렇게 뜨거운 눈으로 살피시다니, 대담도 하셔라."

"이거 혹시 몽견에게 잘못 보이면 끝장나는 거 아냐?"

이미 몽견의 육체에 마음을 빼앗긴 지부장은 등 뒤에서 진행되는 은밀한 속삭임에 귀를 기울일 여력이 없었다.

결국, 마음의 갈피를 잡지 못한 그녀가 섬섬옥수를 뻗어 몽견의 맥문을 쥐었다.

"잠시 살펴볼 것이 있으니 가만히 있어라."

맥문을 통해 내기를 흘려 넣던 소안위가 한숨을 쉬었다.

몸에 비해 기혈이 꽉 막혔다. 탁기가 쌓였는지 무슨 이유에선지 진기가 제대로 흘러가지 않는다.

몸에 비해 기혈과 혈맥은 낙제점에 가까웠다.

"아! 아쉽구나."

뛰어난 골격에 반했던 소안위는 한탄했고, 등 뒤의 쑥덕거림은 더욱 커져 갔다.

손을 놓고 안타까운 눈으로 몽견을 바라보던 소안위가 가라앉은 어조로 말했다.

"용력이 좋구나. 힘이 좋아 다른 사람들의 일을 대신해 준다는 이야기는 들었다."

"빚을 갚기 전까지는 더욱 열심히 해야지요."

"일솜씨를 보아하니 걱정할 필요는 없겠다. 문제만 일으키지 않는다면 다른 일도 구해 주도록 하지. 내일 부역장을 보낼 테니 오늘은 그만 돌아가 쉬어라."

처음과는 달리 아쉬운 기색으로 돌아서는 그녀를 뒤따르며 무사들이 끊임없이 수군거렸다.

"대담하시기도 해라. 어떻게 백주 대낮에 외간 남자의 손을 잡지?"

"손만 잡아도 한숨이 나오나 봐. 아주 좋아 죽어."

"몽견이가 능력이 좋군. 난 죽여도 마땅한 죄를 잡일로 때우라고 할 때부터 반하셨다는 것을 깨달았지."

다음 날 부역장이 마구간에 도착했을 때, 몽견은 일찍이 일을 끝내고 햇볕을 쬐고 있었다.

언제나 손에 들고 다니는 더러운 쇳조각을 품고 바닥에 우두커니 앉아 있었다.

'쉬라고 일을 중단했더니 정말로 앉아만 있는군.'

잠시 지켜보았지만, 몽견은 움직일 기미가 보이지 않는다.

마치 바위처럼 우두커니 앉아 멍하니 허공만 응시하는데, 숨도 쉬지 않는지 어깨의 기복조차 보이지 않는다.

한 식경이 지나도록 움직이지도 않았는지, 잠시 일을 보고 왔는데도 여전히 그 자리에 그대로 쭈그리고 앉아 있다.

'저것도 능력이야. 어쩌면 사람이 움직이지도 않고 있을 수 있지?'

혀를 차며 다가가자 몽견이 그에게로 시선을 돌리며 물어왔다.

"무슨 일이십니까?"

평소라면 조금 더 예의를 차리라고 하겠지만, 소인위와의 연분설이 떠도는 몽견을 도발할 정도로 담이 크지 않았다.

"지부장님의 허락이 떨어졌다. 마침 손님들이 늘어나 일손이 부족하지. 부엌에서 일을 좀 도와주면 어떨까?"

"얼마나 주실 건가요?"

말문이 열린 후로, 일을 시키려고 하면 언제나 금전부터 헤아리는 몽견이었다.

'쯧. 아주 돈 귀신이 들렸군, 돈 귀신이 들렸어.'

혀를 찼지만 이미 예상했던 바라 준비해 온 금액을 제시했다.

"하루에 철전 석 냥."

"너무 적습니다."

"적다니, 아직 실력이 검증되지 않은 이를 부엌에 들이는 것만 해도 큰 영광이다."

몽견은 들은 체도 안 하고 발끝으로 바닥에 굴러다니는 돌을 툭툭 치기만 한다.

그 행동이 거부의 몸짓임을 어찌 모를까.

"철전 넉 냥으로 하자."

"다섯 냥은 주셔야 합니다."

"다섯 냥은 너무 많아. 부엌일을 처음 하는 녀석이 간 크게 놀면 안 되지. 넉 냥으로 시작해서 일을 잘하면 닷 냥으로 올려 주마."

"그렇다면 다른 일을 하겠습니다. 힘들어도 상관없으니 소 지부장님께 부탁하여 급료가 많은 일을 시켜 주십시오."

소안위의 이름이 나오자 부역장의 등골이 서늘해졌다.

'교활하게 나오는구나. 하긴, 백주 대낮에 사람들 시선 따

원 아랑곳없이 손까지 잡는 사이니 간이 커질 만도 하지.'

배알이 꼴렸지만, 소안위가 지옥 유부의 나찰보다 더 무서운 부역장은 못 이긴 채 허락을 했다.

"알겠다. 다섯 냥으로 하지. 대신에 실수를 할 시에는 그냥 넘어가지 않을 테니 각오 단단히 하여라."

말은 그렇게 하지만 지부장의 사랑을 받는 몽견을 건드릴 만큼 부역장은 간이 크지 않았다.

허세가 팔 할인 목소리에 몽견은 언제나처럼 그냥저냥 고개를 끄덕였다.

* * *

다음 날, 주방으로 향하자 건들거리는 한 청년이 다가왔다.

주근깨투성이인 얼굴을 들이밀며 몽견 주위를 빙빙 돌더니 비뚤어진 목소리로 물었다.

"네가 오늘 들어온 몽견이구나?"

"네."

주방의 허드렛일을 맡고 있는 일꾼 중 대형을 자처하는 관삼이 이맛살을 찌푸렸다.

"역시 듣던 것만큼이나 끔찍한 얼굴이군. 어째서 내원에서만 일을 하는지 잘 알겠다."

면전에서 면박을 주며 킬킬거렸지만, 몽견은 아는지 모르는지 그저 고개만 쭉 빼 보인다.

"제가 할 일은 뭡니까?"

"애새끼가 어르신이 말하는데 끊어 먹는 싸가지 하고는…… 처음 시작하는 일에 별일이나 있겠냐? 우선은 저기 수레를 끌고, 왕가 상점에 가서 야채와 고기를 받아 오면 된다. 그날그날 필요한 식재료는 적어 놓으니, 종이를 잃어버리지 않고 가져가면 문제가 없을 거다."

"그렇군요."

이야기를 듣자 볼일이 없다는 듯 등을 돌리는 몽견을 보며 관삼이 이맛살을 찌푸렸다.

"정신이 나간 놈이라더니, 개념마저 나간 놈이었군. 뭐, 나에게 밉보이면 제 놈만 힘들 뿐이지."

관삼의 투덜거림을 들으며 수레를 끌고 나간 몽견은 들은 바대로 시전을 돌아 왕가 상점으로 향했다.

얼굴이 화상으로 일그러진 그가 수레를 끌자 동네 아이들이 달려와서 돌을 던지며 놀렸다.

"하하하! 괴물이다. 괴물이 수레를 끈다!"

"돌을 맞아도 반응을 안 해. 괴물에다가 바보인가 봐."

따악!

동네 꼬마들이 놀려 대며 던져 대는 돌이 머리를 때렸다.

주르륵 피가 흘러내렸지만, 몽견은 그저 한 번 이마를 훔쳐 내 버리고 다시 수레를 끈다.

상대가 반응이 없자, 꼬마들의 간이 커졌다.

"이야! 괴물이 맞았다. 돌 던져, 던져!"

후두둑.

이번에는 좀 더 많은 돌이 떨어져 내렸다.

재미가 들렸는지 구경만 하던 아이들도 나서서 돌을 던지자 몽견의 몸은 금방 흙투성이가 되었다.

그래도 그저 묵묵히 수레만 끈다.

그때, 한쪽에서 백발이 성성한 노인이 달려와서 곰방대를 휘둘렀다.

"이런 소악마 같은 놈들! 어서 멈추지 못해!"

노인이 나타나자 아이들이 화들짝 놀라 뿔뿔이 흩어졌다.

'썩을 놈들!'을 연방 중얼거리며 노인이 몽견에게 다가왔다.

"에이, 썩을 놈들. 괜찮은가?"

"저는 괜찮습니다."

"쯧쯧쯧. 괜찮기는. 아주 피멍이 들었네. 아이들의 장난은 가끔 잔인해지지. 자네가 그렇게 입을 다물고 있으면 더욱 심해질 것이야."

"괜찮습니다. 어차피 삶은 고되고 힘든 것뿐입니다. 마음의 고통에 익숙해지면, 피륙의 고통은 아무것도 아닙니다."

"에잉, 웬 어린놈의 자식이 세상 다 산 영감처럼 말을 하누? 이리 오게. 피를 지혈하지 않으면 안 돼."

"괜찮습니다. 저는 어서 일을 해야 합니다. 일을 해서 빚을 갚아야 합니다."

"일은 일이고, 치료는 치료지. 그 꼴로 나돌아 다니면 백주 대낮에 심장병 걸릴 사람이 많아. 잔말 말고 따라오게나."

노인이 몽견을 데리고 간 곳은 허름한 대장간이었다.

구석으로 데리고 와 연장을 뒤집어 간단한 약과 붕대를 찾아낸 노인이, 정성스레 약을 바르고 붕대로 머리부터 얼굴까지 꽁꽁 싸매 주었다.

"머리에 상처가 났는데, 얼굴에는 왜 붕대를 감습니까?"

"그 얼굴을 하고 다니면 또 악동들이 들러붙을 게야. 당분간은 그러고 있게. 조만간 내가 그럴듯한 가면 하나를 만들어 주지."

"그러실 필요는 없습니다."

"내 맘이다, 이놈아. 어린놈이 다 죽어 가는 늙은이 눈을 하고 있으니 도무지 마음에 걸려 살 수가 있나."

"꼭 신경 쓰실 필요는……."

따악.

노인의 곰방대가 몽견의 머리를 때렸다.

뒤통수를 긁적이는 그에게 노인이 한마디 쏘아붙였다.

"너는 그저 '감사합니다.' 한마디만 하면 된다."

"……남의 호의를 무가치하게 받아들일 수 없습니다. 사례를 하겠습니다."

돌아오는 대답에 노인이 얼굴을 와락 일그러트리며 대꾸했다.

"인석아! 세상은 그렇게 각박하지 않다. 오는 게 있으면 가는 게 있는 세상은 저 높으신 분들에게나 통용되는 말이지, 우리 같은 민초들은 한데 부대끼지 않으면 살지 못하는 게야. 닥치고 네놈은 받아들이면 되는 거다."

"하지만, 사례는 꼭 해야 합니다."

쇠고집도 이런 쇠고집이 없어 한참 실랑이를 하던 노인이 뒷목을 잡았다.

"그러면 이렇게 하자. 어차피 살날이 얼마 남지 않은 나는 할 일도 없고 심심해서 죽을 지경이다. 네가 시간이 날 때마다 나에게 들러 말 상대를 해 주면 된다."

"하지만……."

"네가 정말 고집을 꺾지 않는다면 천만금을 요구하마. 자, 천만금을 갚을 테냐, 아니면 나의 말 상대가 되어 줄 테냐?"

그제야 몽견이 고집을 꺾었다.

"그럼 종종 들르도록 하겠습니다."

"바쁜 몸에 무리하지 말고 시간이 남을 때나 가끔 들러라."

돌아서던 몽견이 문득 떠올랐다는 듯이 발걸음을 돌렸다.

"참, 어르신을 뭐라 부르면 되겠습니까?"

"빨리도 물어보는구나. 어차피 오다가다 만난 사이니 딱히 통성명을 할 필요도 없지. 그저 종 노인이라 부르면 된다."

"그럼 다시 오겠습니다, 종 노야."

"노야는 무슨. 다 죽어 가는 늙은이한테……."

곰방대를 빼끔거리며 귀찮은 듯 손사래를 치는 종 노인에게 공손히 고개를 숙이고는, 몽견은 다시 수레를 끌었다.

* * *

"늦었군."

기다리고 있던 관삼은 몽견이 수레를 끌고 오기가 무섭게 인상부터 썼다.

"한 시진 안에 돌아오면 되는 것 아니었습니까?"

"흐흐흐. 그렇지. 딱 한 시진 정도 되었지. 문제는 네가 가지고 온 식자재지."

관삼은 내심 믿는 구석이 있었다.

보통 처음 일을 맡는 이들은 그저 상가에서 쥐여 주는 대로 식재료를 구해 오기 마련이다. 물론, 오랜 기간 관계해 온 만큼 싱싱한 식자재들을 마련해 주니 걱정할 바는 없다.

'흐흐흐. 하지만 대숙수님은 어떨까?'

숙수들 사이에서 엄하기로 소문난 건두 대숙수는 납품받아 오는 식자재를 직접 검사한다.

조금이라도 떨어지는 재료가 있으면 당장에 불호령이 떨어지는데, 어찌나 사람을 달달 볶는지 열에 여덟은 배겨내지 못하고 도망을 친다.

특히 식재료가 맛의 칠 할을 좌우한다는 굳은 신조가 있는 터라 도망치지 않는다고 해도 내쳐지기 일쑤니, 실력이 제법 있다고 자부하는 숙수들조차 건두를 슬슬 피하기 바빴다.
자신에게 잘 보인다면 좋은 식재료를 구하는 법을 하사하듯이 가르쳐 줄 요량이었지만, 얼굴만큼이나 개념도 일그러진 몽견에게 선심을 쓸 마음은 전혀 없었다.
"뭐, 일단 두고 보자고."
마침 건두 숙수가 식재료를 검사하러 부엌 문간을 나서는 것이 보였다.
"안녕하십니까, 대숙수님."
다짜고짜 관삼이 허리를 직각으로 숙였다.
회백발의 머리를 뒤로 동여 묶은 건두는 마치 산도적 같은 얼굴이었지만, 몽견은 어쩐지 익숙한 기분이 들었다.
고리눈을 부릅뜨며 몽견을 살핀 건두가 눈꼬리를 꿈틀거렸다.
"네가 새로 들어온 아이냐?"
"예."
"흥! 실력이 시원찮으면 경을 칠 줄 알아라."
으름장부터 놓은 그가 수레에 다가가 꼼꼼히 채소를 꺼내고, 고기를 둘러보았다.
한참을 검사하고는 허리를 펴더니 흡족한 어조로 물어 왔다.
"네놈, 부엌에서 일한 적이 있느냐?"
"……글쎄, 예전에 배운 것도 있는 것 같습니다."
"흥, 이상한 놈이군. 자기가 배운 바도 모르겠다니 말이야."
"그게…… 그렇게 되었습니다."

못마땅한 듯이 몸을 팩 돌린 건두는 성큼성큼 안으로 걸어 들어가 버렸다.

한차례 푸닥거리를 기대했던 관삼으로서는 참으로 맥이 빠지는 일이 아닐 수 없었다.

* * *

“어떻게 되었나요?”

“건두 대숙수가 크게 만족한 표정이었습니다. 분명 부엌일 또한 어렵지 않게 적응하겠지요.”

“그런가……?”

돌아온 소식에 소안위는 머리가 복잡해졌다.

“마구간 일에 재능이 있고, 힘도 좋으며, 사채업에 관련된 일에, 숙수의 일도 할 수 있을 일이 뭐가 있을까요?”

“……평생 일당 받아먹고 사는 잡부가 아니었을까요?”

요컨대, 반 백수라는 뜻이다.

대모의 대답에 소안위는 고개를 저었다.

“뭔가 있어요. 여자의 직감이 분명히 그렇게 말을 하고 있어요.”

처음 자신의 의지를 거스르게 하는 기이한 분위기도 그렇고, 무엇이든 척척 해내는 것까지.

몽견은 차라리 만능이라 불려 마땅했다.

문제는 소안위 자신이 몽견에게 상당한 호기심을 가지고

있다는 것이었다.

호기심을 넘어 집착으로까지 번지는 기분은 무슨 수를 써서라도 정체를 밝혀내라고 종용한다.

"본루에서 일손이 부족한 일이 얼마나 더 있지요?"

"언제나 일손은 부족합니다만, 혹시 이유를 물어도 되겠습니까?"

"정체를 밝혀내고 말겠어요. 분명히 뭔가 있어요. 잘 기억은 나지 않지만 그와 저는 분명히 접점이 있었어요."

근래에 떠도는 민망한 소문을 떠올리며 대모가 한숨을 쉬었다.

자중을 부탁할 심산이었지만, 이런 반응이라면 씨알도 안 먹힐 게 뻔하다.

"후후후. 여전히 시간이 남는다고 툴툴거린다니 마침 잘 되었죠. 사람이 필요하면 당장에 몽견부터 시키세요. 어디까지 예전의 경험이 남아 있나 확인하고 싶군요."

호승심마저 느껴지는 소안위의 다짐 아닌 다짐에 근 삼십 년을 보필해 온 대모는 한마디 하지 않을 수 없었다.

"하긴, 서른 살 차이가 적진 않지만 나이가 중요한 것은 아니지요. 저는 언제나 지부장님 편이랍니다."

"……?"

물론, 전혀 뚱딴지 같은 소리를 소안위는 이해하지 못했다.

五. 기억하는 사람들

"사부님, 영약을 먹겠어요."

제자의 부탁에 검후는 올 것이 왔음을 깨달았다.

그동안 한사코 영약을 거부해 온 제자다.

타인의 도움을 받지 않고 스스로 서겠다던 유설영이 마음을 바꾼 이유를 검후는 알고 있었다.

진백천의 죽음.

사실 두 번 생각할 것도 없었다.

언제나 의지가 되던 진백천이 곁에 없다는 사실만으로 자신조차 허함을 느끼는데, 유설영의 상실감이야 오죽했을까.

솔직히 인정하고 싶지는 않지만 변태에다가, 정신도 나간 것 같고, 팔불출에, 도무지 회생의 기미가 보이지 않는 말기 정신병 환자 같은 진백천은 마음만은 순수했고, 그의 도움은 막대했다.

뭐, 어디까지나 순수한 건 마음뿐이었지만.

여하튼 흑사련이 검각에서 물러간 이후 진백천은 돌아오

지 않았고, 유설영은 말이 없어졌다.

언제나 따뜻하게 바라보던 두 눈에는 냉기가 어리고, 다가오는 이라면 누구든지 따뜻하게 보듬어 주던 예쁜 마음에 북풍한설보다 더한 차가움만 남은 것도 이때부터였다.

검에 담긴 힘도, 분위기도 변했는데, 과거에는 자유와 이상을 추구했다면 이제는 살기 넘치는 혈검에 가까웠다.

막여령이 전수한 검각의 심득과, 만화신공과, 무후의 절학을 고스란히 이어받아 새로운 경지를 개척하는 제자는 빠른 속도로 무위를 늘려 갔다.

전례가 없을 성장 속도는 스승으로서 마땅히 기뻐해야 마땅하나…… 검후는 마냥 웃을 수만은 없었다.

성장의 이유가 고통과 슬픔인 현실이 안타까울 따름이다.

"설영아, 영약의 섭취는 언제라도 늦지 않다. 조급함을 버려라."

"저는 시간이 없어요."

"여유가 없는 것은 너의 마음이다. 이 사부는 자칫하다 네 마음에 심마가 찾아올까 걱정이 되는구나."

영약의 거대한 기운을 받아들이다 심마가 찾아오면 주화입마로 이어진다.

혹시나 아직 어리고, 여린 제자가 잘못될까 검후는 못내 걱정이 되었지만, 돌아오는 대답은 간결했다.

"심마가 찾아올 일은 없어요. 저는 아무렇지도 않으니까요."

"백천이의 죽음은 잊어라."

검후의 말에 냉랭한 유설영의 무표정이 무너져 내렸지만, 이내 다시 싸늘하게 굳었다.

마음을 바로잡은 듯 유설영이 어깨를 펴며 대답했다.

“진 오라버니는 안 죽었어요.”

“설영아…….”

“언제고 곁에 있어 준다고 했어요. 그전까지는 절대 죽지 않아요.”

냉정한 말투지만 오랫동안 유설영을 보아 온 검후가 그 안에 감추어진 슬픔을 모를 리가 없다.

하긴, 세상의 누구도 검각의 위기에 관심을 두지 않았을 때, 오로지 진백천만이 도우러 달려왔다. 일신에 지닌 가공할 무위와 심계라면 충분히 부귀영화를 누릴 수 있음에도, 온갖 유혹을 마다하고 홀로 달려온 이유는 간단했다.

“눈물보다 웃음이 보고 싶어요. 미소가 보고 싶어요.”

자신을 향하던 오롯한 정(情)을 유설영이 모를 리 없었다.

검후는 알고 있었다. 진백천의 마음에 부딪히려 전전긍긍하던 제자의 설익은 몸짓에 담긴 의미를.

하지만, 현실을 직시해야 한단다.

스승으로서 유설영에게 현실의 차가움을 가르쳐야 한다고 검후는 생각했다. 하지만, 돌아오는 것은 신념에 찬 유설영의 한마디였다.

"오라버니는 거짓말을 하지 않는다고 했어요. 미인도의 여인처럼 예쁘게 자라나면 데리러 온다고 했어요."

"설영아."

"불사신이랬어요. 천하에 누구에게도 패하지 않는 불사신이랬어요. 언제고 돌아올 날에, 저는 그림의 여인처럼 자라 있어야 해요. 강해져야 해요."

만월 아래에서 아름다운 검무를 그리던 여인.

그를 바라보며 웃고 있던 험상궂지만 따뜻한 미소의 남자. 유설영이 바라는 지향점은 바로 그 만월 아래 그려진 화폭에 존재하고 있었다.

신념이 가득 들어찬 눈동자를 보며 검후는 그제야 깨달았다.

자신이 현실의 벽 아래 좌절하고 있을 때, 어린 제자는 굳은 마음으로 앞을 보고 있었구나.

대견한 마음이 들자 마음도 움직였다.

"하긴 쉽게 죽을 녀석은 아니지."

시체도 못 찾았고, 흔적을 발견한 것도 아니니까. 언제고 헤픈 웃음을 잔뜩 지으며 돌아올지도 모른다.

차이고 쫓겨나도 끈질기게 달라붙는 녀석이니, 지금쯤 저승사자를 곤죽으로 만든 후에 이쪽으로 달려오고 있을지도 모른다.

더 이상 제자를 속박할 수 없는 그녀는 선선히 고개를 끄덕였다.

"영약을 섭취하자꾸나."

영약의 약효를 제대로 활성화하려면 막여령의 도움이 절대적이다.

두 사람은 막여령이 머무는 오두막을 찾았다.

주인이 돌아오지 않는 오두막을 점거하고 두문불출하던 막여령은, 언덕을 오르는 검후와 유설영을 보며 이미 짐작하고 있었던 듯 웃었다.

"홀홀홀. 이제야 마음을 정했나 보구나. 게을러빠진 제자들 같으니라고."

"예, 사부님. 그런데 손에 든 것은 무엇입니까?"

"쯧, 녀석이 놓고 간 물건들을 살펴보고 있었지. 역시 괴물 같은 놈이야. 악운덩어리가 벌써 끝날 리가 없지. 얼토당토않은 물건도 찾았고."

"얼토당토않은 물건이요?"

"……?"

의아한 표정을 짓는 둘에게 막여령은 아무렇게나 구겨진 종이를 내밀었다.

종이에는 활인생사의결과 만독역천서에게 얻은 영약의 제조법이 적혀 있었는데 영약의 이름에 눈이 간 검후가 뒷목을 잡았다.

"으윽, 풍유환?"

"홀홀홀. 녀석의 엉큼한 속셈이야 뻔하지. 애초에 그런 부작용이 있을 리가 있나. 노렸던 게야. 세상천지에 어떻게 이런 희괴한 것을 찾아냈을꼬? 지독한 녀석 같으니라고."

"저는 지금까지 속고 있었군요. 부작용이 아니라 공능이라고 방방 날뛰었을 모습을 생각하니 속에서 열불이 끓습니다."

정답이다.

검후는 진백천을 너무나도 잘 알고 있었다.

"약효가 클수록 성장이 다른 모양이니 어째서 기를 쓰고 희대의 영약을 구해다 바쳤는지 이해가 간다. 역시나 상당히 낭만적인 녀석이었어. 물론, 남자들에게만 통용되겠지만."

"으드득. 낭만적이긴커녕 색골의 기질이 다분하다고 하겠습니다. 안 그러냐, 설영아?"

제자의 의견을 물으려던 검후는 어쩐지 묘하게 달뜬 눈매로 홍조를 가득 띠며 어쩔 줄 몰라 하는 유설영을 발견했다.

뭐랄까? 지금껏 보아 온 제자가 아니다.

고양이인 줄 알고 샀더니 알고 보니 남만산 살쾡이였다는 사실을 발견한 주인처럼 불안한 기색으로 검후가 유설영을 살폈다.

"……설영아?"

"예, 사부님."

"어째서 행복해하는 거냐?"

유설영이 두 손으로 양 볼을 감싸며 부끄러운 듯 대답했다.

"오라버니는 키가 작고 어려도, 다른 곳이 크다면 충분히 사랑할 가치가 있다고 했어요. 저는요, 저는요. 그것으로 충분해요."

'저는요~.'를 연발하며 묘하게 엇나간 연애관을 중얼거리는 제자를 보며 검후는 죽었다고 믿기에는 너무 슬픈, 살았다고 생각하기에는 너무 끔찍한 진백천의 얼굴이 겹쳐 보였다.

맙소사! 진백천, 이 녀석. 내 귀여운 제자를 제대로 물들이고 튀었구나.

아홉 살 여아에게 온갖 정성을 들이더니, 결국 일을 내고 말았다.

'내 귀여운 제자를 돌려줘…….'

아득하니 멀어지는 정신을 느끼며, 검후는 진백천이 돌아오면 당장에 곤죽을 만들 것을 다짐하고 또 다짐했다.

* * *

어두운 대전 안에서 천지육마가 마주하고 있었다.

"벌써 일 년이군. 슬슬 련주님께서 명하신 천하대계를 시작해야 할 때다."

일마 암제 반문규의 말에 혈천탄지 자을영이 검은 함을 꺼내 놓았다.

"련주님께서 폐관에 들기 전 맡겨 둔 계략을 실행할 때가 되었어."

수하를 시켜 묵색의 함을 가져오도록 시킨 일마가, 조심스레 뚜껑을 열었다.

안에는 금빛 독사가 수놓아진 비단 두루마리 세 개가 놓여 있었는데, 반문규는 조심조심 첫 번째 두루마리를 꺼내 들며 바닥에 펼쳐 놓았다.

용사비등한 필체로 '대황궁계'라는 넉 자가 적혀 있었다.

"첫 번째 목표는 황궁이군."

"황궁의 일은 오랫동안 준비해 왔으니 마침 적기다."

나머지 오마들이 고개를 끄덕였다.

당장에 상대해야 할 자들은 무림맹과 사마맹, 마교를 꼽겠지만 강호를 일통하기에 앞서 황실을 정리할 필요가 있었다.

무공이야 자신이 있지만 개떼같이 몰려드는 황궁과 척을 진다면 상당히 고단한 지경에 빠진다. 강호 무림을 도모한 이후라면 몰라도 현재에는 가장 경계해야 할 대상이었다.

변덕이라도 부려 정파와 손을 잡고 개입할 여지를 완전히 차단해야 뒷일이 편해진다.

"쯧, 북방의 일만 잘 해결되었다면 쉽게 넘어갔을 일인데……."

죽어 버린 적마를 탓하며 삼마 폭풍천도 낭극광이 중얼거렸다.

"지난 일은 돌이킬 수 없지. 준비해 둔 일은 얼마나 진행이 되었지?"

"이미 팔 할이 완성이 되었다. 동창에 힘을 실어 주고 일 황자 측에 고수를 대 주었으니, 중요한 일은 모두 완료한 상태지. 이제는 구문제독과 이 황자에게 손을 쓰는 일만 남았다."

음산한 괴소를 흘리며 삼마가 덧붙였다.

적마가 오랫동안 준비한 계략이다.

두뇌가 없어졌지만, 큰 틀은 변하지 않아 황실에 혼란을 가중시키는 데에는 어려움이 없었다.

련주도 공을 들였던 만큼, 오래전부터 막대한 시간과 황금을 들여 지원했기에 현재 황궁은 한 치의 밀리는 기척도 없이 팽팽하게 대립하게 되었다.

흑사련의 지원이 아니었다면 딱히 뒷배가 없는 엄평이 사례태감이 되는 일도 없었을 것이고, 일 황자 측은 군부가 지원하는 이 황자의 세력과 맞서지도 못했을 거였다.

오마 완불패검 탁중양이 일마 쪽으로 고개를 틀었다.

"첫 번째 계략은 거의 이루어졌지. 사마와 오마가 나서면 금방 처리될 일이야."

다음 계략이 적힌 두루마리를 펼쳤는데, 이번에는 오마가 모두 고개를 갸웃거렸다.

황궁이야 오랫동안 준비해 온 일이지만, 두 번째 계략은 도무지 이해가 가질 않은 탓이다.

"장사에 문파를 세운다니, 이상한 일이군."

"저들 코앞에 문파를 세운다니. 허를 찌르는 방식은 과연 련주님이랄까? 하지만 도대체 의도가 뭐지?"

천재라는 인종들도 련주에는 못 미친다. 무공은 높지만, 두뇌는 영 아닌 이들이 열심히 머리를 굴려 대도 답이 나올 턱이 없다.

"이해를 할 수 없군."

"아래쪽에 설명이 적혀 있어. 잘 살펴봐야지."

열심히 머리를 맞대고 읽고 나니, 그나마 가장 두뇌가 쓸 만한 일마가 무릎을 쳤다.

"하하하! 과연 주군이시군."

그럭저럭 쉽게 풀어 설명해 주자, 나머지 다섯 돌들이 고개를 끄덕였다.

"흠, 본 련의 힘은 감히 무림맹이나 사마맹의 떨거지들에 비할 수준이 아니지. 이대로만 따르면 어렵지 않게 놈들을 때려잡겠군."

오마 완불패검 탁중양은 여전히 불만이 가득한 표정이었다.

"계획은 완벽하시겠지. 하지만, 사마맹에 돈과 사업권을 양보하여 환심을 사야 할 이유가 왜지?"

"사마맹주는 탐욕스러운 자다. 돈이라면 사족을 못 쓰니, 당분간 몸을 의탁하기에는 좋다."

"고작 사파의 잡졸들 밑으로 들어가라니 자존심이 상한다. 차라리, 이 기회에 다 때려잡자."

"주군께서 정하신 일이니 따라야지. 그분의 뜻을 위해서라면 잠시간의 치욕은 받아들일 수밖에 없다."

"그건 그렇지."

의견을 나눈 육마들이 각자 맡을 일을 정했다.

삼마 폭풍천도 낭극광과 칠마 번백쾌도 장중백은 장사로, 사마 냉심혈호 요몽향과 오마 완불패검 탁중양은 황궁의 일을 처리하기로 결정했는데, 일마 암제 반문규와 이마 혈천탄지 자을영은 그대로 남아 무사들을 육성하게 되었다.

문파를 세우려면 땅을 구하고, 장원을 세워야 한다. 적마의 죽음으로 와해되어 버린 녹사대를 이끌고 삼마와 칠마가 세상 밖으로 나섰다.

바야흐로 흑사련의 본격적인 발호가 고작 이 년 앞으로 다가온 시점이었다.

* * *

황궁에서 가장 큰 권력을 쥐고 있는 사람을 꼽자면 단연 악지평이 주축이 된 문종문파를 꼽는다.

오랜 충신 가문이 주축이 된 당파로, 예법과 관록을 중시하는 터라 가장 뿌리가 깊고, 오래된 명문가의 인재들이 아래에 구름같이 포진하고 있다.

그 뒤를 바짝 추격하는 이가 바로 문씨 부자가 주축이 된 당파로, 능력이 된다면 출신 성분을 돌보지 않고 기용하는 터라 젊은 인재나 각 방면의 뛰어난 기재들이 호응을 하고 있다.

얼마 전부터 황궁을 좌지우지하는 이 두 당파의 견제를 비집고 한 사람이 세를 불려 나갔다.

군부와 신흥 가문의 지원 속에 급격히 부상한 한 사람이 주축이 되었는데, 어찌나 일처리가 치밀하고 지략이 오묘한지, 단숨에 문종문파와 문씨파와 어깨를 나란히 하는 거대 세력으로 몸집을 불려 나갔다.

특히 세력을 이끄는 이는 전전대 충신의 가문이었다가 몰락한 곽씨 가문의 사람으로, 이름은 창호, 호는 즉조라고 하였다.

곽창호는 중앙에 발을 담그고 싶어 하는 군부의 장수들과, 재력은 있지만 상계를 천시하는 문사들에 좌절한 인재들을 규합해 단숨에 거대 당파를 만들어 내었는데, 신속한 일처리에 악지평은 물론 문씨 부자마저도 놀랄 정도였다.

더욱 사람들이 곽창호를 경계하는 이유는 따로 있었다.

나이가 고작 서른 중반에 불과하지만 속을 알 수 없는 음험함과 타인의 허를 찌르는 신속함을 모두 겸비했기 때문이다.

일례로 어렸을 적에 이런 일이 있었다.

곽창호의 부친 곽학정은 유명한 관상가를 불러 자식들의 앞길을 점쳐 본 적이 있었다.

곽씨 세가에는 모두 네 사람의 자손이 있었는데, 관상가는 이들을 보며 크게 감탄했다.

"모두 눈에 총기가 어리고, 명석하며, 몸가짐이 단정하니, 후일 크게 쓰일 인재입니다. 당대의 곽씨 세가는 문가로서 명성을 크게 얻을 것입니다."

언제고 황궁에 불려 갈 날만 헤아리던 부친은 크게 기뻐하며 관상가를 잘 대접했다.

그러던 중, 학당에서 곽창호가 들어왔다.

흥에 겨웠던 부친이 그를 관상가 앞으로 끌어오며 물었다.

"이 아이가 내가 늦게 본 자식입니다. 아직은 어린 터라 형들에 비해 학문이 떨어지고, 아둔하여 아직 이렇다 할 성취를 얻지 못했지만, 관상을 한번 봐주셨으면 합니다."

나이가 열한 살에 불과했던 곽창호는 학문도 별 볼 일 없었고, 시문에도 뛰어난 바가 없어 좋은 칭찬을 들어 보지 못했기에 부친의 말은 당연한 것이었다.

하지만, 곽창호를 물끄러미 바라보던 관상가는 대뜸 상을 박차고 일어나 의복을 단정히 하며 크게 놀란 어조로 대답했다.

"과거에 조조를 평하길, 치세에는 능신(能臣), 난세에는 간웅(奸雄)이 될 팔자라고 하기에 그의 관상이 어떻게 될까 궁금하였더니, 오늘에야 알겠습니다."

부친이 무슨 뜻인가 묻자 적잖이 놀란 표정으로 관상가가 대꾸했다.

"아둔한 듯 보이나, 대체로 경지에 통달한 자는 범인과 같이 보이는 법입니다. 아이의 총명함은 형 셋을 합한 것보다 많고, 마음의 깊이는 감히 잴 수가 없어, 가장 가까운 가족마저 알아채지 못했으니, 스쳐 지나가는 타인들은 말을 하여 무엇 하겠습니까?"

예상을 아득히 초월하는 말을 듣고 곽학정은 적잖이 놀랐다.

치세에 능신이 된다는 말은 더없이 기껍지만, 난세에 간웅이 된다면 당장에 집안을 말아먹고도 남을 수 있다는 말이었다.

특히, 관상이 같다는 조조는 황위를 찬탈한 대역죄인이니 말을 하여 무엇 할까?

더욱 놀라운 것은 벌벌 떠는 부친을 본 곽창호의 반응이었다.

나이도 어린 것이 그저 싸늘하게 웃어 보이며.

"이야기를 듣고 허소가 찾아온 줄 알았더니, 여백사가 찾아왔군."

이라고 답하는 게 아닌가.

허소는 관상가의 이름이요, 여백사는 조조가 찔러 죽인 위인이니 당장에 관상가는 안색이 허옇게 질려 줄행랑을 놓고 말았다.

그 길로 곽창호는 책 꾸러미를 놓기가 무섭게 칼 한 자루 품에 넣고 집을 나섰으니, 놀란 부친은 차마 막을 엄두도 내지 못했다.

이후, 곽창호는 각지를 전전하며 글을 배웠는데, 당대의 학사들이 놀랄 재주를 선보이며 갖은 지식을 전수하여 주는 터라 포곡조(布谷鳥; 뻐꾸기)라는 별명을 얻었다.

뻐꾸기는 알을 제 둥지에 낳지 않고, 다른 새의 둥지에 낳는다.

그러면 둥지의 어미 새는 자신의 알로 착각하고 열심히 품는데, 알에서 깬 포곡조는 아직 부화하지 않은 본래의 새알을 둥지 밖으로 밀어내 떨어뜨리고, 알에서 갓 깨어난 형제들을 물어 죽이고서야 먹이를 독식한다.

여러 스승들에게 환심을 사고, 전까지 사랑을 받던 후계자들을 독랄하게 처단하는 터에 붙은 별명이었다.

포곡조 곽창호는 지금 근심 중이었다.

"태감이 무리를 하는군. 제 조카를 태자로 만들려는 욕심은 이해가 가지만 너무 지나쳐."

태감이 누구인가, 당금의 이 황자와 경쟁을 하는 일 황자의 뒤를 미는 황도의 최고 권력자 중의 하나 아닌가. 고작 서른을 갓 넘긴 곽창호에게 거론될 만한 사람은 아니다.

하지만, 말을 하는 곽창호도 말을 받은 한상준도 놀란 기색은 전혀 없었다.

"북방의 전쟁이 잠잠해졌으니 몸이 달았겠지요. 이 황자가 속한 구문제독의 위상이 높아졌으니, 이상한 일도 아닙니다."

"쯧, 욕심이 많은 늙은이는 언제나 앞뒤를 헤아리지 못하는 법이지."

손에 들린 종이를 책상 위에 던져 놓으며 곽창호가 눈꼬리를 비틀었다.

“어떻게 해야 하겠습니까? 태감은 동창을 동원하려 하고 있습니다.”

“음…… 제 놈이 제 살 깎아 먹는다는데 만류할 이유는 없지.”

“하지만, 태감과 저희의 관계가 긴밀합니다. 현재 뒤를 봐주고 있는 이상 무시만 할 수도 없는 노릇이지요.”

“황궁의 반응은 어떠한가?”

“악지평 대학사와 문씨 부자가 눈치를 채고 맹렬히 견제 중입니다.”

“예상했던 반응이군.”

“이 황자의 세력이 일 황자를 넘어섰습니다. 덕분에 이 황자파가 더욱 추진력을 얻었지요.”

“중요한 것은 그게 아니지. 누가 ‘살아남느냐.’ 하는 것이 더욱 중요하다. 당장의 세력은 이 황자가 높을지 모르지만, 관에 담긴 시체를 황위에 올릴 수는 없는 노릇이니까.”

실로 놀랄 만큼 잔인한 표현에 한상준이 몸을 떨었다.

“마침 좋은 기회군. 발을 적당히 빼면 몸이 단 늙은 욕심쟁이가 알아서 움직이겠지. 이해득실을 따져 이득만 취하면 그만이다. 그러기 위해서는 양쪽에 선을 대고 있어야 해.”

“태감이 화내지 않겠습니까?”

“멍청한 환관 따위를 걱정할 필요는 없다. 힘도 권력도 독점만 하려고 하니 우세가 수세로 뒤바뀐 거다. 당장에 인재가 없으니, 아쉬워도 우리에게 손을 벌릴 수밖에 없거든. 줄다리기를 하면서 열심히 단물을 빨아먹어도 돼."

마치 마음속에 들어갔다 나온 이처럼 단언하며 곽창호가 눈을 빛냈다.

한상준이 돌아가고, 홀로 남은 곽창호가 허공을 바라보며 입술을 달싹였다.

"나오시오."

허공에 말을 하기가 무섭게 허공에서 시커먼 그림자가 떨어져 내렸다.

"과연 대단하군. 본좌의 은신술을 꿰뚫어 보다니."

"은신술을 꿰뚫어 본 것이 아니오. 단순히 때가 되었으니 오지 않을까 생각했을 따름이지."

"허! 그렇다면 본좌가 행차하지 않았다면 어쩔 생각이었는가?"

"그렇다면 단순히 허공에 말을 거는 멍청이가 되었겠지. 본 사람도 없으니 체면 걱정할 필요도 없고 좋지 않소?"

넉살 좋은 대답에 련주의 친위대, 금사 팔호는 그저 혀를 내둘렀다.

'적마를 대신할 인재라기에 설마 했더니, 과연 대단하군.'

문사라는 족속은 꽉 막혀 말이 통하지 않거늘 곽창호는 달랐다.

실익이 있다면 어떤 추한 일도 마다하지 않고 수단 방법을 가리지 않았으니, 과연 적마의 뒤를 인재라고 할 만했다.

"오늘은 또 무슨 일로 오셨소?"

"태감을 도와라."

금사 팔호의 말에 잠시 턱을 쓰다듬으며 생각에 잠긴 곽창호가 손가락을 튕기며 물어 왔다.

"그는 극단적인 방법을 쓰고 있더구려. 말도 안 되는 짓거리라고 생각했소. 이 황자의 암살이라니, 제아무리 동창의 고수라도 가능한 일이 있고 가능하지 않은 일이 있거늘."

"일은 성공한다. 걱정 말고 태감을 도와라."

찜찜한 구석이 있던 차에 금사 팔호가 등을 떠미니 곽창호는 설마 하는 생각이 들었다.

"사례감의 고자 두목이 혼자서 벌일 만한 일이 아니라고 생각했소. 혹시 귀하들이 손을 썼소?"

"일에 대한 것은 일급 기밀이다. 말해 줄 수 없다."

답을 주진 않았지만 곽창호는 수긍의 뜻으로 받아들였다.

"암살이라, 가장 효과적이긴 하지만……."

말과는 다르게 곽창호는 이 황자의 죽음을 기정사실화하였다.

그만큼 흑의인은 대단한 능력의 소유자로, 이들이 돕는다면 금의위의 고수들과 구문제독의 장수들 따위는 문제도 되지 않아 보였다.

자신의 행보에도 도움이 되는 일이니 딱히 거절할 마음도 없었다.

"태감을 돕는 일을 제외하고는 네가 할 일은 전과 같다."

"이 황자만 제거된다면, 악지평과 문씨 부자도 축출할 수 있소. 걱정 마시오."

"황궁의 혼란을 극대화시키는 것도 잊으면 안 된다. 쓸데없는 일에 신경을 쓰지 못하도록 권력 싸움을 고조시키도록 해야지."

"물론이오. 이 황자의 제삿날이 본인이 황도의 권력을 틀어쥐는 날이 될 테니까."

"끌끌끌. 마음에 드는 말이군. 성공한다면 부귀영화를 누릴 것이요, 실패할 시에는 진흙탕 속에서 싸늘하게 식어갈 것이다."

한차례 기세를 돋워 곽창호를 쏘아본 금사 팔호가 스르륵 어둠 속으로 녹아들었다.

이제야 진정으로 방에 홀로 남은 곽창호가 싱긋 웃었다.

"부귀영화도 좋지만 토끼는 굴을 여러 개 파 놓는 법이지. 그대가 가져다준 기회, 잘 쓰겠소."

풍운이 일어나면 용이 승천하는 법. 조용히 때를 기다리는 작은 악룡(惡龍)은 그렇게 의미심장한 말을 남기며 미소 지었다.

* * *

얼마 후, 황궁에 날벼락이 닥쳤다.

철혈의 황제라는 별명답게 건강했던 황제가 몸져누운 것이다.

갑작스러운 변고에 어의들이 달려가서 진맥을 하고, 약을 쓰며 백방으로 노력했지만 효과가 없었다.

당대의 신의 환훌신의가 나서서야 악화되던 병세가 수그러들었지만, 여전히 황제는 정신을 차리지 못했다.

갑작스레 불려 온 환훌신의가 진땀을 훔치며 참아 왔던 숨을 내쉬었다.

"위급은 넘겼습니다. 생명에 지장은 없으나, 시일을 두어 지켜봐야 합니다."

문무백관이 안도하는 가운데 구문제독이 조심스레 궁금했던 바를 물었다.

"병세가 갑작스러워 크게 놀랐습니다. 혹시 독이나 여타의 약에 당하신 것이 아닌지요?"

철혈이라 불리기까지 수많은 정적을 처리하고 파격적인 행보를 계속해 온 황제다.

당금 황실의 지배자가 독에 당했다는 추측은 불경죄로 다스릴 수도 있는 사안이나, 갑작스럽게 발병한 터라 충분히 의심이 갈 만한 내용이다.

반면에 환훌신의는 중독에 회의적인 입장이었다.

"천하의 독을 전부 안다고는 할 수 없지만 적어도 제가 아는 한 독은 아닙니다. 과로와 선천적인 문제일 뿐이니 걱정하지 않으셔도 됩니다."

이제야 문무백관들은 완전히 안도했다.

"환훌신의께서 장담을 하셨으니 다행이야."

"그분께서도 크게 고전하셨으니 정말 위급했어."

급한 불을 끄자 다음으로, 기회를 잡아 성공의 끈을 잡으려는 이들이 우후죽순처럼 나타났다.

"황제께서 병이 나시다니 이해할 수 없는 노릇이야."

"이상한 일이긴 하지만 기회이기도 하지."

"폐하의 눈에 띄면 당장에 권세를 얻는다. 충심을 증명할 기회야."

부유한 가문 출신의 곽창호 산하 문사, 무사들이 일제히 용한 약을 구하러 사방팔방으로 수소문하기 시작했다.

몸이 약해지면 마음도 약해지는 법이다. 좋은 약을 구하면 당장에 황제의 눈에 띌 수 있으니 기회를 잡고자 하는 이들 중에는 가산을 털어 약을 구하러 나서는 이들도 있었다.

다른 이들이 충성을 증명할 방도를 고안하는 사이 이번에는 사례태감 엄평이 나섰다.

동창을 시켜 은밀히 각지의 용한 도사들과 법술사들을 청하더니 황제의 상세를 낫게 할 방도를 찾겠다며 나선 것이다.

불려 온 도사들과 법술사들이 입을 모아 말했다.

"기일을 잡아 종남산에 제를 올리면 황상 폐하의 병세는 씻은 듯이 사라질 것이옵니다."

"황제 폐하의 병은 남방의 악재가 황궁으로 흘러들어 일어났으니 응당 남쪽에 제단을 세우고 제를 올려야 합니다."

한둘도 아니고, 수십 도사들이 일제히 외치는 데다가 권력을 틀어쥔 태감이 수작을 부리자 당장에 제를 올려야 한다는 여론이 들끓었다.

"황제 폐하의 쾌차를 위해서라면 무엇이든 해야 하지요."

"당장에 제단을 짓고, 제사를 올립시다."

"황제 폐하는 곧 용이요, 용의 기운은 융중에서 일어나니 남쪽이라 하면, 복룡산에서 제단을 지어야 합니다."

복룡산은 곧 융중산이다.

의견이 모아지자 다음 관심은 누가 제사를 주관하는 것으로 쏠렸다.

황제가 위급할 시에 제사를 주관하는 것은 황태자의 의무지만, 당장에는 황태자가 정해지지 않았으니 일 황자와 이 황자파가 대립하기 시작했다.

그런데 차일피일 미뤄질 것 같던 제사의 주관 문제는 일 황자가 몸져누우면서 결론이 났다.

두 사람 중에 한 사람이 쓰러지니, 제를 주관할 사람이라곤 이 황자밖에 없지 않은가?

당장에 황궁의 이목은 이 황자의 결정에 쏠렸다.

六. 황궁에 드리운 암운

이 황자는 정실에서 난 장자다.

어렸을 적부터 총명함으로 이름이 높았고, 머리가 굵고 난 이후에는 뛰어난 안목과 탁월한 인재 기용 능력으로 문무에 두루 재능을 드러내었다.

정실에서 난 자식 중 가장 나이가 많고, 능력도 빼어나니 누구도 그가 황실을 이을 대통이 될 것임을 의심하는 사람은 없었다.

그러나 후실 엄씨가 자신의 아들을 내세우면서 황태자로서의 앞길이 흔들리기 시작했다.

원래 일 황자는 황위 계승 서열 십 위에도 미치지 않고 능력도 보잘것없어 애초에 관심 밖이었다.

문제는 엄씨의 오라비인 엄평이 내시가 되어 내시들의 태감에 오르면서 일이 벌어졌다.

태감은 당연히 자신의 조카를 지지하며 세력을 규합했는데, 동창의 고수들과 막대한 재력을 바탕으로 황도의 권력을 한 손에 틀어쥐었다.

이제는 재력, 권력, 무력까지 쥐고 있어 명분 없이 태감을 치면 당장에 피바람이 불 것이 자명하여 손을 쓰기 힘든 지경까지 왔다.

엄 태감은 교활하지만, 일처리는 분명했다.

일 황자를 옹호하기는 했지만, 무리하게 일을 처리하지는 않고 은밀하게 세력을 규합하고는 자신의 사람을 요소에 심었다.

어찌나 철두철미한지 문종문과 문씨 부자, 구문제독이 힘을 합하고도 팽팽한 신경전이 벌어지니 실로 시대를 풍미할 능력을 지녔다 하겠다.

물론 요즘은 몸이 좀 달아 있는 것 같기는 하지만.

그 와중에 일어난 황제의 와병은 일견 이 황자에게 힘을 실어 주는 듯했다.

금의위 심복을 통해 소식을 들은 이 황자가 크게 웃었다.

"형님이 쓰러진 것은 걱정이지만, 나에게는 정말 호재가 아닐 수 없군."

반면에 구문제독 송칙의 안색은 어둡기 그지없었다.

"이 황자 전하, 제를 주관하는 것은 나쁘지 않은 일이지만 태감이 수작을 부린 게 아닐까 걱정됩니다."

"제독은 걱정도 많아. 심약한 형님이 세력 싸움에 기가 질리신 게지."

"쓰러진 시간도 공교롭기 짝이 없습니다. 제사를 주관할

이를 선별하려 할 때니 시기가 너무 적절합니다."

송칙의 걱정은 당연한 것이었지만, 이 황자는 대수롭지 않게 받아들였다.

"융중산이면 거리도 멀지 않고 호북, 호남을 다독일 절호의 기회. 사소한 사항은 넘어가도 좋지 않은가?"

"도사들과 법술사와 같은 하찮은 무리들을 궁에 들인 이가 바로 사례태감입니다. 수작을 부렸을 수도 있으니 조심해야 합니다."

"소문을 듣지 못했나? 형님이 쓰러지자 태감이 놀라 각방에 좋은 약을 수소문하고 있지. 생각도 못 한 일이 우연히 일어났을 뿐이야. 원래 사람의 병세야 갑자기 찾아오는 것이니까."

이 황자는 조금 무리를 해서라도 기회를 성공의 발판으로 만들고 싶었다. 명분과 실익을 모두 얻을 기회는 흔치 않을 뿐 아니라, 수행 인원도 대부대이니 이만큼 안전한 일도 없었다.

반면에 송칙은 이 황자의 결정이 너무 성급한 것이 아닌가 싶어 불안했다.

세상에 우연은 없다고 믿고 있을 뿐더러, 직감이 경고하고 있었다. 직감 덕에 수많은 전장에서 목숨을 부지한 그로서는 마음을 놓지 않는 것도 무리는 아니었다.

'하지만 여기서 물러나도 문제지. 황제 폐하보다 전하 자신의 안위를 보전한다면서 불평이 터져 나올 테니까.'

일방적으로 몰리는 느낌이 께름칙하기는 하지만 선택지는 많지 않았다.

이 황자를 지키고, 황태자로 만드는 것.

황실의 안위을 지치는 구문제독 송칙이 존재하는 이유는 바로 이 때문이니까.

* * *

이 황자에게는 서열에서 밀려난 동생이 하나 있었다.

화양군주로, 일찍이 권력 싸움에서 멀어져 한적한 나날을 보내던 그녀는 이 황자와 황제의 사랑으로 아름다운 것만 보며 자랐다.

속세에 물들지 않고, 미모 또한 속되지 않아 황궁의 제일가는 공주로 대접받는 그녀는 현재 한적하단 느낌을 넘어 심심함으로 변한 하루하루에 지쳐 죽을 지경이었다.

전까지는 가끔 가다가 이 황자나 황제가 찾아와 말벗을 해 주곤 했지만, 와병과 권력 싸움으로 방문이 뜸한 터라 심심함이 사망 수위를 가뿐히 넘었다.

황궁이 넓고, 놀 것이 많아 봐야 얼마나 많겠는가.

생긴 것과 다르게 성격이 밝은, 혹자는 말괄량이라 평하는 성격의 소유자인 그녀는 간만에 놀러 온 이 황자에게 징징댔다.

"이번에 융중산에 가면 저도 데려가요."

외유 전에 얼굴이나 보고 가려던 이 황자는 단박에 거절했다.

"최근에 태감의 움직임이 심상치 않아. 마음은 굴뚝같지만 너를 데려갈 수는 없다."

말괄량이 동생에게 질린 이 황자가 둘러댔지만, 그녀는 집요했다.

"아버님의 쾌차를 비는 자리에 자식이 가지 않는다면 누가 가겠어요?"

"절대 불가."

눈물 공격에 애걸까지 갖은 수를 부렸지만 도무지 허락하지 않는 이 황자에 크게 낙심한 화양군주가 축 어깨를 늘어트렸다.

그러고 나니 이 황자는 조금 동생이 불쌍하기도 하다.

'오랜 황궁 생활이 지겹기도 하겠지.'

물론 데리고 갈 생각은 없다.

'따라오면 내가 골치 아프니까? 남들은 몰라도 나는 잘 알지, 암.'

어렸을 때, 여섯 살이나 어린 동생에게서 구타를 당했던 과거의 이 황자는 절대로 동행할 마음이 없다.

지금이야 꽃같이 예쁘다지만 그렇다고 스승의 수염까지 태워 먹은 성질머리가 사라질 리 없지 않은가.

끝까지 졸라 대는 동생을 떼어 내며 후다닥 도망치듯 돌아가 버리자 홀로 남은 화양군주는 한참을 씩씩거렸다.

"못된 오라버니 같으니, 어디 나를 데리고 가지 못하나 보자."

이 황자가 화양군주를 아는 만큼, 화양군주도 이 황자를 잘 알았다. 다루는 법도 잘 알았다.

적어도 아직 이 황자는 그녀 손바닥에 있으니까.

화양군주는 악가장에 사람을 보내 말벗을 불렀다.

악서린은 어렸을 적부터 아비를 따라 황궁에 들락날락하다가 화양군주와 언니 동생하며 지내는 사이였다.

군주가 된 후 잠시 소원해졌던 화양군주가 자신을 부른다니, 속내가 궁금하긴 했지만, 오랜만에 볼 요량으로 지체 없이 화양군주를 방문했다.

"군주 마마를 뵙습니다."

"언니, 복잡한 예는 집어 치워요."

"하지만, 이제 군주께서는……."

"여기서 울고불고 난리쳐야 그만둘 건가요?"

뾰족하게 외치며 고개를 팩 돌리는 화양군주를 보며 악서린이 입을 가리고 웃었다.

"화아는 여전하네?"

"헤헤. 저야 언제나 똑같죠. 언니는 잘 지냈어요?"

그녀의 물음에 악서린은 대번 안색이 어두워졌다.

"그저 하루하루 보낼 뿐이지."

"무슨 일이에요? 혹시 문종문에 좋지 않은 일이라도 생긴 건가요?"

"그게……."
문종문의 여식이라 달리 하소연할 데도 없었던 악서린은 그간의 이야기를 늘어놓았다.
주로 여자를 두고 떠난 나쁜 남자가 되어 버린 진백천에 관한 이야기였다.
자신도 모르는 터에 문종문의 사윗감으로 낙찰된 소식을 알면 진백천이 광분하며 날뛰었겠지만, 다행히 주위에는 아무도 없었다.
어쨌든 처연한 한숨과 함께 악서린이 이야기를 맺었다.
"그게…… 어디에서 무슨 일을 하시는지는 모르겠지만 소식이 없어."
악서린은 천하에 손을 꼽는 재색을 겸비한 미녀에다 집안도 좋아 매파가 끊이지 않는 일등 신붓감 중에 하나였다. 그런 그녀가 남자를 연모해 애가 탔다는 말에 화양군주는 적잖이 놀랐다.
'언니가 푹 빠진 남자라니, 한번 보고 싶네?'
당사자도 행적을 모르니 방도가 없지만 생각해 보면 꼼수를 부리기에는 더없이 좋았다.
일단 침울한 그녀를 위해 은근슬쩍 달래기로 운을 띄웠다.
"장원 급제에 가까웠다는 사람이라면서요. 총명한 사람이니 크게 걱정할 것 없잖아요."
"무공도 어느 정도 한다더구나. 하지만, 요즘 세상이 험하잖니. 혹시나 비적에게라도 다치시지 않을까 걱정이란다."

진백천을 털어 갈 비적은 고금을 통틀어 찾아봐도 존재할 리 없지만, 그저 호신용 무공 몇 수 배운 수준으로 아는 악서린은 애꿎게 한숨만 푹푹 쉬었다.

"언니, 땅 꺼지겠어요."

"어찌 걱정이 되지 않겠니? 그분 생각만 하면 잠도 설치는데."

"그렇게 마음고생할 거면 차라리 직접 찾으면 되잖아요."

하긴 그렇다.

문종문의 힘이면 사람 하나 찾는 정도야 일도 아니니까.

당장 관아에 용모파기 하나만 돌려도 진백천은 밧줄에 엮인 굴비 꼴로 끌려올 수 있다.

그녀도 생각해 보지 않은 것은 아니나, 그녀가 진백천을 찾지 못하는 이유는 따로 있었다.

"아버님께서 극구 반대하셔. 필히 돌아올 것이라고 장담하시거든. 여인이 남자에게 목매는 모습은 보기 좋지 않다니. 참, 내 속도 모르고."

연애는 찰나인 반면, 책과 보낸 시간이 월등히 많은 악지평다운 말이었다.

'곧 돌아올 터이니 걱정하지 마라.'라고 일관하니 악서린만 끙끙거렸다.

학문에 자부심이 높은 악지평이 항상 하는 말이 있었다.

남자끼리는 마음이 통한다나 뭐라나.

실제로는 남자는커녕, 세상 천지에 누구도 종잡을 수 없는 진백천을, 그는 너무도 쉽게 생각하고 있었다.

근심 어린 악서린을 보며 잠시 뜸을 들인 화양군주가 은근슬쩍 한마디를 끼워 넣었다.

"이참에 직접 찾아보지 않을래요?"

"직접 찾는다니? 어떻게? 아버님께서 반대하실 텐데?"

당장에 눈을 빛내며 물어 오는 악서린을 보며 화양군주가 쾌재를 불렀다.

이미 다 된 밥이다. 두고 보자, 오라버니.

이 황자가 악서린을 연모한다는 사실을 알고 있는 그녀는 새침한 고양이 같은 표정을 지으며 갖은 말로 악서린을 구워삶았다.

두 여인의 바깥나들이는 음모와 계략이 난무한 가운데 시작되고 있었다.

* * *

이 황자는 바빴다.

큰 행렬에 필요한 인원을 확보하고, 어용감에 들러 제사 용구 등을 확인하며, 가는 길목에 있는 관부에 연통을 날리고, 통판에 연락을 넣어 혹시라도 일어날지 모르는 불미스러운 일을 미연에 차단하는 등 몸이 여섯 개라도 부족할 만큼 바빴다.

당장 등 뒤에 팔이 여섯 개 돋아났으면 하는 생각을 쉬어

덟 번 정도 하고, 다리가 열 개로 증식했으면 하는 따위의 생각이 들 정도로 힘든 시간을 보내고 나서야, 이 황자는 가까스로 마지막 준비를 끝마쳤다.

마음 같아서는 당장 처소로 돌아가 뜨거운 물에 몸을 푹 담그고, 두 다리 뻗고 자고 싶었다.

그러다 문득 화양군주에게 생각이 미쳤다.

“화아를 보고 가야지. 죽을 만큼 힘들어도 어쩔 수 없지. 한동안 보지 못할 테니까.”

하나뿐인 동생이기 때문이라든가, 홀로 지루한 나날을 보낼 동생이 가여워서라든가 하는 느긋한 이유 따위가 아니었다.

“그냥 떠나면 분명 평생 쫓아다니면서 불평을 할 거야. 차라리 한 번 죽고 말지.”

이 황자에게는 필사적인 이유가 있었던 것이다.

“이제 얼마간 못 볼 테니 조심해야겠다. 만에 하나라도 따라오면 골치 아파지니까.”

무거운 발걸음을 이끌고, 더욱 지친 수행원들을 이끌고 화양군주에게 가니 역시나 동생이 기다리고 있었다. 마른 침을 꿀꺽 삼키며 백만 대군에 단신으로 돌격하는 장수의 심정으로 이 황자가 다짐했다.

어떠한 회유와 협박에도 굴하지 않으리라.

그러나 그의 다짐은 동생 곁에 있는 악서린을 의식한 순간 대번에 깨졌다.

"아니, 악 소저께서 여기는 어쩐 일이십니까?"

"제가 불렀어요."

당황한 오라비를 보며 화양군주가 눈매를 샐쭉하게 만들며 몰아붙였다.

"천하에 하나밖에 없는 오라버니께서 이 가련한 동생을 소홀하게 대하니 서러워서 살 수가 있나요? 하여 언니를 불러서 한탄을 하고 있었어요."

"아니, 화아야. 내가 언제 너를 소홀히 대했느냐?"

"폐하께서 편찮으신 지금 제를 드리러 함께하고 싶은데, 오라버니께서 자식 된 도리마저 저버리라 하시니 소홀하지 않고 뭐라고 해요? 으앙! 언니, 하나뿐인 오라비가 나를 괴롭혀요."

화양군주는 이 황자가 악서린을 마음에 둔 사실을 잘 알고 있었다.

반면에 이 황자는 자신의 연심을 꽁꽁 숨겼다고 자부하고 있었다.

시작부터 승패가 갈렸다.

평소의 악서린이라면 화양군주를 나무라며 장난을 그만두게 하겠지만, 당장 진백천의 행방이 궁금한 그녀는 뻔히 보이는 연극에 동참했다.

"가여운 화아, 걱정 마렴. 언니가 함께 있어 줄게."

그녀가 화양군주의 등을 쓸며 더러운 것을 보는 눈초리로 힐끔거리자 이 황자는 가슴이 철렁했다.

이미 두 명이 손을 잡은 시점에서 이 황자는 인면지주의 거미줄에 걸린 가련한 토끼 한 마리의 운명과 다르지 않았다.

동생의 화술에 넘어갈 만큼 수양이 낮지는 않지만, 마음에 둔 여인 앞에서 매정할 만큼 모질지 못하기도 하다.

"그, 그게, 너를 위해서 하는 말이다. 태감이 호시탐탐 기회를 노리고 있으니 조심해야 하지 않겠느냐?"

"천하에 누가 있어 오라버니께 무례를 범하겠어요?"

"세상일은 모르는 것이다."

"세상일은 모르니 언제 아버님을 위해 제를 지낼 때가 오겠어요? 어헝!"

더욱 서럽게 울어 대는 동생을 보며 이 황자가 허둥댔다.

그러나 작심하고 울어 대는 동생과 악서린의 눈빛 공격은 도무지 감당할 수 있는 성질의 것이 아니었다.

막판까지 몰렸지만 역시나 이번만큼은 이 황자도 쉽게 물러나지 않았다.

무한에 들러 토호들과 호족들을 다독여야 한다느니, 위험하다느니 이유를 줄줄 늘어놓으며 쉽게 넘어가지 않았다.

이것 봐라? 우는 척하던 화양군주가 악서린의 어깨너머로 끈질기게 버티는 이 황자를 향해 눈을 흘겼다.

결국 마지막 비책을 쓸 때가 온 걸까?

"언니, 결국 아버님을 위해 함께 빌러 가는 일은 안 될 모양이에요."

"헉. 혹시 악 소저께서도 함께 가실 요량입니까?"

"가능하다면 소녀도 함께하고 싶어요. 만인지상이자, 만인의 아비인 황상 폐하의 건강을 비는 일이라면 아버님께서도 허락하시겠지요."

결정타였다.

이 황자의 입장이 백팔십도 변했다.

"뭐, 그렇다면야 꼭 안 된다는 것은 아니고, 그 뭐냐……."

자신이 울고불고 사정해도 들은 척도 않더니, 악서린이 따라간다고 하자 말을 더듬는 꼴이다.

화양군주는 당장에 달려들어 얼굴에 손톱자국을 내고 싶은 충동이 일었다.

하지만, 참았다.

원래 군자의 복수는 십 년 후에도 늦지 않고, 여인의 복수는 십 년 동안 해도 길지 않은 법이다.

화양군주는 십 년 동안 이 황자를 들들 볶는 쪽이 더욱 마음에 들었다.

* * *

동창의 귀는 황궁 어디에나 존재하는 법.

행렬에 대한 세세한 보고는 고스란히 동창을 통해 사례감에도 흘러 들어갔는데, 태감 엄평은 지금 보고에 앉은 자리에서 펄쩍 뛰어오를 정도로 좋아했다.

"흐흐흐. 걸려들었구나."

"그렇습니다, 태감 어르신. 홍홍홍."

"일이 다 되었어. 정말 대단한 놈들이라니까. 천하에 모르는 독이 없는 환훌신의마저 속여 넘길 줄이야. 이게 다 하늘이 나를 돕는다는 뜻이지."

"모두 태감 어르신의 덕이라고 할 수 있지요. 홍홍홍."

수하인 몽하의 보고를 찬찬히 듣던 엄평이 손가락으로 탁자를 두들겼다.

"약의 효력이 얼마나 버틸까?"

"환훌신의의 능력에 따라 다르지만, 최소 석 달에, 최대 반년이라고 합니다."

"시간이 정확히 맞아떨어지겠어. 해약을 준비시키도록 해. 돌아오는 길에 정확히 연락이 닿아 일정을 늦출 수 있도록 말이야."

"이미 준비해 두었습니다. 당장이라도 해약을 풀 수 있습니다."

연막작전을 무사히 완수하고, 행사의 준비와 제사에 관련된 절차가 끝나기까지 한 달여가 걸렸다.

차일피일 미뤄지기는 했지만 나쁘지 않은 진행 속도였다.

"쯧, 어용감의 꼰대가 가로막지만 않았어도 시간이 완벽하게 맞아떨어졌을 텐데."

제사를 준비하는 어용감은 이 황지를 옹호하는 터라 시

일이 차일피일 미뤄진 탓이 컸다.

"일 황자 전하께서 황태자가 되시는 날, 어용감부터 뜯어고쳐야겠다. 다음 일은 얼마나 진행이 되었지?"

"오차가 있기는 하지만 수용 가능한 범위입니다. 걱정하실 것 없습니다."

"사람은 제대로 박아 두었겠지?"

"홍홍홍. 동창의 고수들은 물론 금사 팔호가 보내온 고수들까지 전부 투입했습니다."

"준비는 모두 끝났군. 질긴 인연을 끝낼 때도 되었지."

엄평은 득의양양한 미소를 지었다.

눈엣가시 같은 이 황자가 사라진다고 하니 춤이라도 추고 싶었다.

이 황자만 사라져 준다면 황족들의 신변을 책임지는 구문제독을 축출하고, 황궁의 권력을 독점하는 것은 식은 죽 먹기였다.

"잘 걸렸다, 이 황자. 거들먹거리는 것도 마지막이지. 충분히 즐겨라. 흐흐흐."

"홍홍홍홍홍. 태감 어르신의 홍복이옵니다."

간드러지는 몽하의 웃음소리에 엄평이 살짝 미간을 찌푸렸다.

"이봐, 몽하. 자네 목소리 좀 진중하게 내고 그러게. 그렇게 홍홍거리니 사람들이 우리를 우습게 보는 거야. 흐흐흐흐흐."

"알겠습니다, 태감 어르신. 홍홍홍."

사례감에서 시작된 음모는 서서히 이 황자의 목줄을 죄어 가고 있었다.

* * *

황궁에서 음모가 몰아치며 천하의 이목이 쏠린 사이.

호남의 장사에서는 작은 방파가 발호했다.

스스로를 흑사방이라 칭하는 이들은 고작 오백여 명에 불과한 작은 세력이었는데, 처음에는 아무도 주시하는 이가 없었다.

어차피 하루가 멀다 하고 문파가 세워지고, 저무는 게 강호다. 특히 장사처럼 이권이 난립하는 지역은 더욱 빈번하게 몰락과 성세를 반복하기에 큰 관심을 가지지 않는다.

정파와 사파의 영역에 교묘히 걸친 만큼 이권에 손을 댈 여지는 많지만, 그만큼 군침을 흘리는 세력들이 많아 정사의 스물네 개 문파와 방파가 치열하게 경쟁하고 있다.

때문에 흑사방의 선전을 기대하는 이들은 많지 않았지만, 흑사방은 하루가 멀다 하고 세력권 싸움이 벌어지는 장사에 무사히 자리를 잡았다.

시비를 걸던 중소 문파 여섯 개가 멸문을 당했지만, 알려지지는 않았다. 그저 생각보다 강하다고 생각할 따름이다.

더욱이 현재는 구주강호 각지에서 거대 문파들이 세력전

을 일삼고 있었다. 장사만 벗어나면 더욱 재미있고 흥미진진한 사건들이 많으니 장사에 관심을 두는 이들은 더더욱 적었다.

"들었나? 정성의 사호방이 검영문을 박살 냈다는군."

"위지세가 역시 이번에 칠대세가에 준할 사업권 확보를 위해서 해전문과 부딪혔다는군."

"갑자기 크고 작은 문파들이 전쟁을 선언하는 것 같으이. 무슨 이유라도 있나?"

"예끼, 이 사람아. 지금 황궁이 태감과 구문제독 간의 권력 쟁투에 정신이 없으니 관부의 견제가 느슨해졌잖아. 틈을 타서 이참에 세력권을 늘리려는 속셈이지."

"무슨 소리야? 관과 무림은 불가침이잖아?"

"그거야 그냥 하는 소리지. 강호인들이 의협이니 뭐니 떠들어 대고 딱히 부딪히는 일이 없어서 그렇지, 금의위 고수들치고 구파일방, 칠대세가와 연이 닿지 않은 자가 없지 않나. 북방은 아예 하북팽가가 꽉 잡고 있고."

"하긴, 소림사와 무당파 또한 황실과 친하긴 하지."

"그저 배부른 놈들끼리 밥그릇 싸움 안 하려고 지은 이야기에 현혹되지 말게."

"아무렴 어때? 이 기회에 구경이나 잔뜩 해야지. 심심하지는 않아 좋겠군."

지루한 평화에 심심했던 무인들은 당장에 위명을 날릴 기회를 찾으며 각지를 떠돌았고, 이름 없는 문파에 빈객으로 들어가 혈검을 들기를 주저하지 않았다.

사마맹으로 통합된 이후, 이렇다 할 싸움이 없었기에 화급한 사파의 무인들은 근처의 작은 무관이나 정파 성향의 문파들을 공격하기에 열을 올렸다.

신진 고수들의 이름이 하루에도 몇 번씩 오르락내리락하는 와중에도 구파일방은 침묵했다.

강호가 진동하든 말든 여전히 구파일방의 이름은 높았으며, 칠대세가의 권세는 견고하다.

그렇게, 흑사련이 계획한 무림 강호와 황실의 난세가 시작되고 있었다.

七. 백면전귀 몽견

왕요명은 왕가 상점의 주인으로 상당히 돈을 밝히는 위인이었다.

하지만 인심을 팔아먹으며 돈을 버는 대신, 치밀하게 신용을 지키며 지금껏 재화를 축적하여 인망 또한 나쁘지 않은 편이었다.

덕분에 근래에 들어서는 승천의 기세로 세를 불리는 장성상단의 분가로서 인정받아 날이 갈수록 상점도 크게 키웠다.

그런 찔러도 피 한 방울 나오지 않을 왕요명에게 최근 들어서 눈에 밟히는 인종 하나가 생겼으니, 바로 화정루의 몽견이라는 존재였다.

말이 몽견이지 왕요명의 눈에 몽견은 몽견이 아니라 전견이 따로 없었다.

이 종자는 어찌나 독한지 언제나 가장 질 좋은 재료를 누구보다 싼 가격에 독식하고 있었다.

"백면전귀, 이 녀석! 오늘은 제대로 붙어 보자꾸나."

몽견은 얼마 전부터 하얀 쇠 가면을 쓰고 다녔다.

가면은 철방의 종 노인이 만들어 준 것으로 화상에 일그러진 얼굴을 교묘히 가리는 반쪽짜리 가면이었는데, 어쩐지 현기가 느껴지는 눈에 세상을 달관한 미소를 달고 다니는 터라 제법 신비로운 분위기를 풍겼다.

"이번만큼은 질 수 없지."

그간 몽견의 활약으로 수지타산이 맞지 않았다.

남은 물건이야 다른 이들이 가져가니 결국은 이문이 남지만, 상처 입은 자존심은 도무지 아물 기미가 보이지 않았다.

"후후후. 오늘만큼은 네 마음처럼 되지 않을 것이다."

전장에 출전하는 장수의 마음으로 왕요명이 멀리서 다가오는 수레를 노려보았다.

하지만 멀리서 백면전귀의 수레가 오는 것만 보여도 발가락에 힘이 들어가고, 몸이 움찔거렸지만, 오늘은 비장의 무기가 있었다.

"흠흠흠. 왔군. 오늘은 어떤 물건을 타러 왔는가?"

"일전에 말씀드렸던 대로 오늘 광동에서 귀인이 오셨기에 해산물을 사 가려고 합니다."

"해산물은 많지. 마당에 널린 모래알보다 많지."

몽견이 언제나처럼 품에서 주섬주섬 종이를 꺼내 들자, 왕요명이 재빨리 목록을 훑었다.

식재료를 거래하는 만큼 각지의 음식에 대해서도 빠삭한 왕요명이 몰래 눈을 반짝였다.

“큼큼. 좋아, 좋아. 모두 본 상점에서 취급하는 것들이로군.”

“다행이군요. 대숙수님께서도 특히 싱싱한 놈들로 부탁을 했습니다.”

“본 상점에는 싱싱한 물건들만 내놓지. 한번 살펴보게나.”

익숙하게 안으로 따라 들어와 한쪽에 준비된 식재료들을 살피는 몽견을 보며 왕요명이 침을 삼켰다.

‘제아무리 눈썰미가 좋은 놈이라도 육지에서 살던 놈이 해산물을 고를 재간이 있을까?’

해산물은 고가다.

어지간한 서민은 하천이나 강에서 잡히는 고기나 먹는 수준에 그친다.

하지만, 화정루처럼 고관대작을 상대하는 기루에서는 가끔 중요한 귀빈에게 해산물 요리를 내놓기도 하는데, 이도 흔한 일이 아니었다.

오늘도 안찰사와 도호가 함께하는 자리가 아니라면 엄두도 내지 못했을 정도로 대단히 값비싸고, 다룰 수 있는 숙수의 수도 한정이 되어 있었다.

특히 광동의 요리는 양념을 적게 쓰고, 본연의 맛을 내기를 즐기는 터라 더더욱 까다롭다.

다행히 건두 대숙수는 광동의 요리를 아우르는 능력 있는 숙수였고, 천신만고 끝에 몽견이 식재료를 고르러 오게 되었다.

“이것은 뭡니까?”

한쪽에 멈춰 선 몽견이 등이 파랗고 배가 하얀 생선을 가리켰다.

‘걸렸구나.’

내심 쾌재를 부르며 왕요명이 재빨리 대답했다.

“벽문어(碧紋魚)네. 잡은 지 나흘밖에 되지 않은 데다가 잡자마자 피를 빼고, 얼음에 담가 운반해서 싱싱하지. 눈을 보게. 하얗고, 은색으로 밝게 빛나니 참으로 맛깔스럽게 보이지 않은가?”

“정말 그렇군요.”

“어떤가? 남도 아니고 자네가 사겠다면 내 좋은 값에 쳐주지.”

“이쪽의 물고기는 황어군요.”

시선이 다른 쪽으로 향하자 왕요명이 찔끔 놀라며 덧붙였다.

“황어와 숭어는 맛이 괜찮긴 하지만, 강에서도 자주 잡히는 놈 아닌가? 귀한 손님을 접대하기에는 좋은 재료가 아니야.”

“그럼, 값이 무척 싸겠군요.”

“값이 싸다고만 할 수도 없지. 자네가 벽문어를 고른다면 내가 가격을 더욱 싸게 해 줌세. 이쪽의 도어(刀魚)도 나쁘지 않지. 아직도 신선해. 귀인을 접대하려면 이처럼 진귀한 생선이 좋지 않은가? 이쪽을 보게."

의도대로 흐르지 않자 왕요명이 재빨리 몽견의 손을 이끌었다.

"이쪽의 금린사와 대청어도 좋아. 어서어서 살펴보게나."

조급해진 어조로 왕요명이 채근하자 몽견이 이쪽저쪽에서 생선을 살피며 문득 입을 연다.

"벽문어는 참으로 진귀한 생선이지요. 저도 본 적이 손에 꼽습니다."

"물론이네. 진귀한 고기를 싸게 넘기니 나는 오늘 파산하는 거야, 파산."

"쩝. 진귀한 고기를 사 가면 좋긴 하겠군요. 만약에 어르신들이 먹다가 남기기라도 하면 위장에 기름칠도 할 수 있겠고요."

"당연한 말이지. 생각해 보게, 이런 기회가 아니면 언제 이런 비싼 요리를 먹을 기회가 있겠는가?"

"대청어도 날로도 먹는다던데, 찜은 더욱 일품이겠군요."

"허, 제법 귀가 밝군. 맞는 말이지."

끊임없이 입을 놀리면서, 몽견은 열심히 손을 움직여 수레를 채워 넣고 있었다.

조급해진 왕요명이 짐짓 선심을 쓰는 체 입을 열었다.

"어떤가? 조금 여분이 남는다면 벽문어와 도어를 사 가게. 사기만 한다면 내가 선심을 쓰지."

마판에 몰린 나머지 스스로 무슨 말을 하고 있는지도 모를 때가 되어서야 생선을 살피던 몽견이 허리를 쭉 폈다.

"벽문어와 도어를 사면 값을 싸게 해 준다는 말이 사실입니까?"

"그렇지, 그래. 내가 장담하지."

"사겠습니다. 대신 이것들을 먼저 계산해 주십시오."

재빨리 셈을 치르고 손을 마주 비비며 왕요명이 물었다.

"그래, 얼마나 사려는가? 서른 마리? 마흔 마리?"

수레에 남은 돈을 던져 놓으며 몽견이 히죽 웃었다.

"한 마리씩 주십시오. 그거면 충분합니다."

"켁. 무슨 소린가? 안찰사 대인께서 오시면 못해도 수십 명이 동석할 터인데, 고작 한 마리라니!"

"벽문어와 도어는 성격 나쁜 놈들이지요. 잡히자마자 제 성에 못 이겨 배를 부풀리며 내장이 썩어 들어가는데 피를 뺀 정도로 되겠습니까? 지느러미 밑의 내장을 빼지도 않은 놈은 사흘은커녕 이틀만 지나도 손대기 힘듭니다. 뼈가 많은 고기는 조리가 힘들어 경단으로 만들어야 하는데 손이 많이 가는 일입니다. 이왕 돈이 남으니 돌아가서 귀한 놈들이나 구워나 먹어 보렵니다."

순식간에 수레에 한 마리씩 던져 놓고 멀어져 가는 몽견, 아니 백면전귀를 보며 왕요명이 부들부들 떨었다.

"크악! 저 교활한 놈! 또 뒨통 당했구나."

성을 내는 그의 곁에서 점원 하나가 기웃거리며 혀를 찼다.

"이거 오늘까지 팔지 못하면 전부 버려야 하는데, 귀신

같은 놈이군요."

"시끄러워!"

왕요명이 버럭 성을 냈지만, 점원의 탄성은 그치지 않았다.

"이야, 금린사는 지느러미가 온전한 놈들만 쓸어 갔군요. 초심자가 아니라 아예 귀신인데요? 식재료 귀신?"

속을 살살 긁는 소리에 왕요명이 벌컥 화를 내며 소리쳤다.

"시끄러워! 어서 나가!"

오늘의 승부는 또다시 왕요명의 패배로 돌아갔다.

* * *

돌돌돌.

수레를 끌고 오는 몽견이 철방 앞에서 멈춰 섰다.

천으로 수레를 덮고 그늘에 세워 둔 후, 벽문어와 도어를 꺼내 든 몽견이 익숙하게 식어 가는 화로 옆에 놓인 의자에 앉아 손을 놀렸다.

손에 들린 작은 단도에 껍질이 매끈하게 벗겨진다. 내장을 제거하고, 가시를 다듬고 나서는 칼등으로 고기를 두들겼다.

휘파람을 불며 고기를 손질하는 그의 등 뒤로 왜소한 그림자가 다가왔다.

"네놈이냐?"

"예."

짧게 답한 몽견이 다진 고기를 주물러 경단을 만들더니, 한편에 끓고 있는 물에 던져 넣는다.

"뭘 하는 거냐?"

"오늘은 제법 진귀한 식재료를 구했거든요. 흔히 보기 힘든 놈이니 한번 맛이나 보시라고 들렀습니다."

품에서 준비해 온 양념을 적당히 붓고, 물에서 건진 경단을 다시 쪄 나갔다.

일련의 행동을 보며 종 노인이 고개를 가로저었다.

"요리까지 배웠느냐?"

"글쎄, 모르겠습니다. 배운 기억은 없는데 손은 제멋대로 움직이는군요."

"참으로 기가 막힌 놈이구나. 하긴, 생기기는 고작 약관을 넘은 놈 주제에 제 나이가 마흔을 헤아린다고 하는 놈이니 이상할 만도 하지."

"더 웃긴 사실은 만팔이 저를 발견했을 때는 소년인 줄 알았답니다. 고작 한 달 만에 키가 한 자가 넘게 컸다니, 참으로 이상한 노릇이지요."

"끌끌끌. 세상은 오래 살고 볼 일이야."

몽견은 그저 피식 웃으며 쉬지 않고 손을 움직인다.

대충 끝이 나자 준비해 온 깨끗한 접시 위에 가지런히 경단을 늘어놓고 종 노인 앞으로 밀어 넣는다.

가타부타 말도 없이 입에 경단을 던져 넣은 종 노인이 몇 번 우물거렸다.

"기가 막힌 맛이로구나."

"그렇습니까?"

"만든 놈이 만드는 법도, 맛도 모른다니 참으로 우스운 노릇이야. 한번 먹어 보아라. 네놈은 아마 전에 숙수였을 거야."

"자세히는 모르지만, 부친께서 숙수였기에 주워들은 말은 꽤 됩니다. 삼백육십오 종의 요리법을 모두 익히고 사천팔백여 가지 식재료를 능수능란하게 다룰 수 있어야 숙수라고 자처할 수 있다는데, 감히 제가 그런 능력이 있었겠습니까? 그저 어깨너머로 배웠겠지요."

"부친께서는 살아 계시냐?"

"지금 와선 그조차 자세히 모르겠습니다. 저를 떠난 여동생이 있었던 것도 같고…… 안개 속을 헤매는 느낌입니다."

"……어째서 부친을 찾아갈 생각을 하지 않는 게냐?"

물음에 대답 대신 몽견은 그저 처연하게 미소 지었다.

"그게…… 잘은 몰라도 마음이 거부하고 있습니다. 가족을 떠올릴 때면 슬픈 감정부터 막연히 떠오르니 돌아가셨을까 두려워 감히 확인해 볼 엄두가 나지 않는군요. 돌아갈 길도 잘 모르겠고요."

"쯧! 안타깝구나, 안타까워."

"일단 빚을 갚고 나서 생각할 일이지요."

빙긋 웃으며 일어나 엉덩이를 털자 중 노인이 서운한 표정을 지었다.

"벌써 가려느냐?"

"오늘은 해산물이 있어서 빨리 돌아가 봐야 합니다. 햇빛에 오래 두면 쉬이 상하니 이제부터라도 잰걸음으로 돌아가야지요."

대장간에 들어올 때마다 벗어 두는 가면을 고쳐 쓰며 웃음기 어린 어조로 대꾸한다.

"조심해서 돌아가거라."

올 때처럼 말도 없이 손을 흔들며 몽견은 다시 수레를 끌며 사라졌다.

* * *

몽견이 돌아오자 건두는 대문 앞에서부터 기다리고 있었다.

수레를 세우자, 말도 없이 천부터 걷어 내고는 재료를 살피던 건두가 해산물을 뒤집었다.

"어째서 금린사는 살이 헤진 놈을 가지고 왔느냐?"

"어차피 몸통은 버릴 것이 아니었습니까?"

"황어와 숭어는 흔한 식재료지. 강가에서도 잡히는 놈이다. 너는 내가 바다의 생선을 손대지 못할 것이라 생각해서 흔한 물건을 사 온 것이 아니냐?"

"강에서 잡히는 시기는 늦봄이지요. 가을이 넘어가고 바람이 쌀쌀해지니, 바다에 나가 양껏 살을 찌우고 기름이

끼었을 테고, 그러니 튀기면 살이 쫄깃할 것이요, 찌면 부드러울 겁니다."

"수근(水芹)은 제철이 아니지. 구태여 사 올 필요가 없는 것이 아니더냐?"

"기루에 왔으니, 응당 주도에 대하여 논할 것이요, 그렇다면 함께하기 좋을 음식입니다. 제철은 아니라고 하나, 쓴맛이 죽을 시기이니, 특별한 맛은 내지 못하더라도 더하여 부족한 재료는 아니지 않겠습니까?"

이후로 한참을 대답 대신 물음으로 일관하던 건두가 만족한 듯 고개를 주억였다.

"역시나 철두철미하구나. 만드는 것뿐만 아니라, 먹는 사람에 숙수까지 고려했어."

거침없이 골라 오면서 다방면의 경우를 감안하여 식재료를 선별하는 능력은 정말이지 혀를 내두를 정도였다.

"네 덕에 이번에도 큰 어려움 없이 조리를 끝마칠 수 있을 것 같구나."

"다행입니다. 그럼, 저는 돌아가서 일을 해야 해서……."

마치 제 일을 다 했다는 듯 거침없이 돌아서는 몽견의 등 뒤에 대고 건두가 물었다.

"일전에 했던 나의 권고는 생각해 보았느냐?"

발걸음을 잠시 멈춘 몽견이 피식 고개를 돌리며 대꾸했다.

"대답은 전과 같습니다."

성큼성큼 멀어지는 등을 보며 건두가 까끌까끌한 턱을

긁었다.

일전과 같은 대답이라…… 분명히 처음 자신의 보조 숙수가 될 것을 권했을 때 그는 답했었다.

“제가 만약 칼을 쥘 때가 온다면, 그때는 기억의 누군가를 되찾았을 때일 겁니다.”

서른세 번째 권고 또한 같은 대답으로 거부당했다.

* * *

수레를 끄는 몽견은 최근 들어 근심이 생겼다.

기억을 찾고 싶은 마음이 간절해졌는데, 뭔가 중요한 것을 잊고 있는 듯해 찜찜함이 하루 종일 가시지가 않았다.

소안위의 배려로 몽견은 많은 경험을 할 수 있었다.

각종 잡일을 다 해 봤지만 오리무중에 빠지는 스스로의 정체는 감을 잡을 수가 없었다.

“숙수도, 짐꾼도, 표국 일도, 하는 일마다 전부 예전에 해 본 것 같단 말이야.”

흐음, 도대체 자신은 어떤 삶을 살았던 것일까.

이틀 전부터는 서고를 정리하는 일도 맡았다.

먼지를 털어 내고, 곰팡이를 긁어내며 서고를 정리하던 몽견이 책 한 권을 집어 들었다.

딱 펼치자마자 책의 내용과 중요한 글귀에 연관된 지식이 홍수처럼 쏟아져 나온다.

"또 시작이네."

학사일도 해 본 것 같단 말이야.

하긴, 일꾼이라든가 말구종보다야 훨씬 낫지. 꽤 촉망받는 직업이기도 하고.

"하하하. 혹시 또 모르지. 떡하니 급제해서 한림학사 자리 하나 정도는 받았을지도 몰라."

꽤 재미있는 농담이라 생각했는지 혼자 키득대던 몽견이 입맛을 다셨다.

"아니야, 적어도 학사는 아니었을 거야. 책만 펴도 울렁증이 도지고, 시험 볼 생각만 하면 구토가 몰려오잖아."

바람같이 움직여 책을 꽂으며 잡기를 다룬 책부터 무공서, 전문 서적까지 대강대강 훑었다.

"어디 보자. 궁술?"

궁술 입문이라는 책을 빼 들고 찾아봤지만, 아까 논평집을 꺼내 들었을 때와는 달리 별반 지식이 떠오르지 않는다.

역시 학사였나 고개를 갸웃거리는데, 대신에 사냥감 몰이 방법을 비롯한 각종 궁술 비기들이 쏟아져 나왔다. 머릿속을 가득 메운 궁술 지식 때문에 몽견이 머리를 부여잡았다.

"이거 뭐야. 나는 사냥꾼이었던 거야? 그런 거야?"

이번에도 과거에 대한 단초는커녕 머리만 복잡해졌다.

한숨과 함께 빠르게 책장을 정리하며 몽견이 투덜댔다.

"뭔가 가장 중요한 것을 잊은 것 같단 말이야. 하나만 떠오르면 대충 기억이 떠오를 것도 같은데."

안개처럼 모호한 정신은 도무지 정답을 내줄 기미가 보이지 않았다.

스스로의 정체 파악에 실패한 여파로 파김치처럼 축 쳐진 몽견이 터덜터덜 서고를 나서는데 기다리고 있던 기녀가 잽싸게 달려왔다.

그녀는 홍단이란 이름의 기녀로 화정루에서 꽤 주가를 올리는 신인이다.

애교와 음악에 재주가 있어 바쁘게 불려 다니는 홍단은 조심스럽게 다가와 입술을 달싹였다.

"몽견아, 시간이 있어?"

묘하게 간드러지는 목소리다.

몽견이 은가면을 쓰게 된 이후로 근처에서 서성대는 여인들이 많아졌다.

예쁜 그녀의 얼굴을 빤히 들여다보며 내심 몽견이 고개를 저었다.

'혹시 나는 고자 아닐까? 남들은 예쁘다고 난린데 도무지 모르겠으니, 원.'

어쩌면 일전에 책에서 봤던 동자공을 익힌 무인이었던 건지도 몰라.

동자공이라니, 장가가기는 다 틀렸구나.

기운 빠진 어조로 몽견이 되물었다.

“쩝, 시간이야 많지요. 왜요?”

“마침 잘됐다. 부탁할 것이 있었는데.”

“또 연서 이야기입니까?”

“응, 너도 알다시피 자 공자님께서 요즘에 발길이 뜸하시잖아. 무슨 일인가 했더니, 글쎄 이런 것을 보내왔지 뭐야?”

자랑이 듬뿍 담긴 어조였지만, 듣고 있는 몽견은 심드렁하기 짝이 없었다.

“……읽어 드리면 됩니까?”

“아, 아니. 이제는 나도 제법 글을 잘 읽어.”

예쁘고 지적인 모습과는 다르게 까막눈인 홍단에게 글을 가르친 이가 몽견이다.

흐음, 하고 팔짱을 끼며 몽견이 지극히 사무적인 태도를 취했다.

“……그럼 뭐가 필요하죠?”

“답장을 써야지. 너도 알다시피 내가 글씨를 좀 못 쓰잖니?”

“못 쓰는 정도가 아니라 거의 바위로 수십 번 내려친 지렁이 수준이죠.”

“얘는? 그 정도는 아니다.”

“단순한 천자문도 소저 손에 걸리면 천축국 언어가 되지요. 대단한 재능이에요.”

스스로도 궁색한지 홍단이 기어 들어가는 목소리로 덧붙였다.

"그, 그러니까 명색이 화정루의 기녀가 괴발개발 글씨를 쓸 수는 없잖아?"

"보통 사람이라면 그렇게 못 써요."

막판에 몰린 그녀가 눈앞으로 짝 손을 맞대며 부탁을 했다.

"이번에도 잘 부탁해."

"흐응? 얼마나 줄 건데요?"

스스로의 미색을 잘 아는 홍단이었다. 그러나 눈앞의 이 전귀는 눈도 깜빡 안 했다.

자신을 좋아한다고 한들 거들떠도 안 보겠지만 자존심에 묘하게 상처가 간다.

홍단이 입술을 비죽였다.

"돈 귀신. 이렇게 돈만 모아서 뭐 할 거야?"

"구해야 할 사람이 있습니다."

"만팔이라는 그 사람?"

"그건 저도 모르겠습니다. 중요한 것이 있는데 기억이 안 나요."

"치이, 서른다섯 냥이야."

묵직한 전낭을 확인한 몽견이 헤죽 웃으며 주섬주섬 붓과 먹을 꺼내 들고 손가락에 붓을 끼워 넣었다.

"흐음, 어디 보자."

잠시 호흡을 가다듬더니, 붓이 거침없이 종이 위를 질주하기 시작했다.

"이야, 언제 봐도 정말 글을 참 잘 써."

한동안 붓을 놀리고 난까지 친 후에 종이를 후후 불며 집어 들었다.

"기분이 좋아 특별히 난까지 그려 넣었어요."

"어머나! 정말 대단하네. 난이 살아 있는 것 같아."

"만족했어요?"

"응, 고마워. 아마 넌 예전에 도공이었던 것이 분명해. 도공은 그림도 잘 그리고 글씨도 잘 쓰잖아."

손을 흔들며 사라져 가는 홍단을 바라보며 몽견이 검지로 옆머리를 긁적거렸다.

도공이라…… 그럴듯하기도 하지만, 글쎄?

* * *

숙소로 돌아온 몽견은 한숨과 함께 문을 닫아걸고 조용히 주변을 살폈다.

불륜 장소를 들키지 않으려는 유부남처럼 한참을 기웃거리며 근처에 아무도 없음을 확인한 몽견이 안심하며 침상을 걷었다.

안에는 작은 책자가 놓여 있었는데, 만팔에게서 얻은 소지품이었다.

책을 집어 들고 읽어 내려가던 몽견이 한 글귀에서 시선을 멈췄다.

"진백천, 진백천. 익숙하네. 나의 이름인가?"

진백천은 좋은데, 혈전귀견이라니. 기억을 잃기 전의 명호를 중얼거리며 몽견이 울상을 지었다.

"정말이지 나쁘게 살아왔구나, 과거의 나는."

침울하게 중얼거리며 책을 펴고 한 자 한 자 짚어 나갔다.

지금 읽고 있는 책자는 나비 모양의 장식품과 함께 받은 것이다.

기억을 되찾는 데 도움이 될 것이라며 헤어지기 전 만팔이 주었던 물건이다.

나비 모양의 장식품은 처음에는 대수롭지 않게 생각했었다.

하지만, 그 장식품을 황의인의 목 줄기에 꽂아 넣은 자신을 발견한 순간, 수십 가지 암기법과 적을 주살하는 잔혹한 방법이 떠올라 한동안 고생했다.

손바닥만 한 책자도 문제였다.

처음에는 어렸을 적에 아무렇게나 써 갈긴 일기인 줄 알고 잊어버리고 있었는데, 얼마 전 다시 집어 들었을 때는 글씨가 실타래처럼 엉켰다가 녹아들더니, 새로운 문장이 머리에 떠오르는 것을 느꼈다.

그때는 정말이지 심장이 목구멍으로 튀어나올 정도로 놀랐다.

"아마도 나는 떳떳한 인간은 아니었을 거야. 일기도 암호로 적어야 할 인생이라면 말 다했지, 뭐."

떳떳하게 아홉 살 유설영에게 장가갈 꿈만 꾸던 몽견, 아니, 진백천은 헛다리를 짚고 있었다.

한 자 한 자 읽어 가며 암호를 해독하던 몽견이 미간을 찌푸렸다.

"이런, 이게 뭐야? 시간이 묘하게 어긋나잖아?"

현 황제가 황위를 양도받은 후 채 십 년이 흐르지 않았는데, 책은 팔 년 후를 기술하고 있었다. 과거를 되찾는다는 일념으로 열심히 파고들고 있던 몽견이 책을 집어 던졌다.

"크아악! 이게 뭐야. 뭐가 어떻게 돌아가는 거야?"

당장에 입에서 불을 뿜을 기세로 광분한 몽견이 탁자를 홀랑 뒤집었다.

믿었던 만큼 충격은 컸다.

과거의 실마리라고 생각했던 작은 책자가 일개 소설로 생각되자 당장에 암울함이 몰려왔다.

세월이 지나면 지날수록, 뭔가 소중한 것을 잊고 있다는 생각에 조급함까지 드는 터라 충격은 더욱 심했다.

"빌어먹을."

한참을 머리를 싸쥐며 고뇌하던 몽견이 무의식적으로 검 조각을 찾았다.

복잡할 때면 반토막 난 검 조각을 움켜쥐고 명상에 빠져드는 일은 이제 버릇이 되어 있었다.

八. 흑사방

오마 완불패검 탁중양은 직접 흑사련의 정예를 이끌고 장사의 지하 조직을 정리했다.

수십 년을 어둠 속에서 암약해 온 자마대는 성난 파도처럼 지하 조직을 밀고 들어갔다.

"크악!"

"으으윽, 이 악마 같은 놈들!"

천하에서 가장 거부라면 천하 십대 상가의 주인들을 꼽겠지만, 가장 상계에 영향력이 있는 이를 꼽으면 단연 암흑 상계의 주인인 암흑상인이다.

지부라 한들 고강한 무인이 없지는 않지만, 천하를 넘봐도 부족함이 없는 흑사련 자마대의 파상 공세를 막을 수준은 못 되었다.

오십여 명의 습격자에 짚단처럼 피를 뿌리고 쓰러졌다.

장물을 거래하는 시장의 지하에 은밀히 마련된 지하 상점은 시체와 흐르는 피로 가득했다.

"크크큭. 지하 상계를 틀어쥐었다는 암흑상단이 고작 이 정도였던가?"

오마 완불패검 탁중양은 괴소를 흘리며 화마가 충전한 상점가를 걸었다.

철벅이며 피 웅덩이를 밟는 그의 얼굴 위로 살소가 어렸다.

"바깥의 놈들은 모두 정리했습니다."

"흥, 적마와 파천검은 멍청이군. 이런 적들을 맞아 고전을 면치 못했다니 말이야."

외원을 쑥대밭을 만들고 안으로 들어가자, 장내에선 칠십여 인의 무사들이 검을 빼고 가로막았다.

"이곳이 어딘 줄 알고 설치는 것이냐?"

"끌끌끌. 네가 암흑상가 무한 지부의 대가리냐?"

"내가 무한 지부장이오. 귀하는 어디서 오셨소?"

"죽을 놈에게 알려 줘 봐야 입만 아플 뿐이지."

"혹시 마교? 마교에서 나오셨소?"

"지부장치고는 넘겨짚는 능력이 빈약하구나."

"천하에 이토록 잔인한 손속을 가진 단체가 많지 않음을 나는 아오. 마교가 아니라면…… 혹시 귀하는 흑사방에서 나오셨소?"

"호오, 어째서 그렇게 생각하는 거지?"

"일 년 전, 의문의 세력에 멸문당한 문파를 방문한 적이 있소. 오랜 고객이자 성세를 자랑하던 가문이 일거에 무너졌다기에 놀라서 달려갔었지."

"흐음."

긍정도 부정도 하지 않는 오마를 보며 소날은 이를 악물었다.

"가문의 개새끼 한 마리 남기지 않고 싹 쓸어버린 자들이 있었으니, 마교도나 흑사방이 아니고는 이렇게 무자비한 손속을 가질 리 없소."

"하하하. 반은 맞고, 반은 틀렸다. 물론, 네놈이 답을 알고 갈 리는 없겠지."

살의로 대한다면 구태여 말을 섞을 필요가 없다.

칠십여 무사들이 검을 앞세우고 달려들자 탁중양이 코웃음을 쳤다.

"본좌를 우습게 보는군."

쿵.

짧은 호흡과 함께 진각을 밟으며, 양손을 비스듬히 올려 쥐었다.

마치 하늘에 주먹질을 하는 모습으로 내공을 서서히 끌어올리자 장내가 진동하기 시작했다.

드드드드드.

"으헉! 바닥이 울린다!"

"지진이 일어났다!"

달려가던 무사들이 갑작스러운 변고에 아연실색한 사이, 탁중양이 입꼬리를 비틀어 올렸다.

"뒈져라!"

콰앙!

"우어어억!"

"크악!"

탁중양을 중심으로 화탄이 터진 듯 흙먼지가 비산하며 달려가던 무사들을 밀어냈다. 폭발력 가까이에 있던 이들은 비명도 지르지 못하고 피떡이 되어 바닥을 굴렀다.

일수에 칠십여 무사들의 발걸음을 멈추게 한 탁중양이 신형을 움직였다.

귀신처럼 다가와 조직원들을 베어 버리는데 일말의 주저함도 찾아보기 힘들었다.

그저 짚단을 베듯 검을 놀리니, 십여 명이 피를 뿌리며 어두운 밤하늘 아래 목불인견의 참상이 펼쳐졌다.

"막아라! 막아! 마두를 막으란 말이다!"

지부장 소날이 악을 써 대며 수하들을 독려했지만, 뒤이어 온 오십 자마대가 가세하자 그나마 남아 있던 수하들마저 순식간에 시체로 변했다.

'천하 십대 고수라 하더라도 이토록 강할 수는 없다. 이런 초고수가 어디서 튀어나왔다는 것인가!'

당금의 천하 십대 고수의 일인을 만난 적이 있는 소날에게는 도무지 믿을 수가 없는 현실이었다. 스스로도 암흑상가에서 활약하며 정보에 능통하다고 믿고 있었던 탓에 충격은 더욱 컸다.

"으으으, 악마! 악마가 따로 없구나."

차갑게 식어 가는 조직원들을 보며 소날이 이를 갈았다.

악에 받쳐 검을 쥐었지만, 어느새 다가온 탁중양이 눈앞에서 싸늘하게 웃고 있었다.

그것이 소날이 본 마지막 장면이었다.

* * *

"뭐라고요?"

장사에서 날아든 소식에 소안위는 자다가 벌떡 일어나 길길이 날뛰었다.

"암흑상가를 건드렸다는 건 본 문을 건드린 거나 마찬가지. 누구죠?"

"아직 흉수가 밝혀지지 않았습니다. 어찌나 철저하게 움직였는지, 제대로 된 보고는커녕 적의 숫자조차 파악할 수 없습니다."

"문도들은 어떻게 되었나요?"

"모두 죽었습니다. 제가 도착했을 땐 이미 모조리 불에 타 성한 시신 하나 찾을 수가 없었습니다."

전례 없는 공격에 신음만 삼키던 소안위가 미간을 짚으며 되물었다.

"흉수는 누구인가요?"

"잔인한 손속과 막강한 무공으로 추측하건데 마교가 아닌가 생각되지만, 움직인 흔적이 없습니다."

“마교에서 딱히 본 문을 공격할 이유는 없으니…… 흑사방에서 움직인 것은 아닌가요?”

강호에 혜성처럼 나타난 흑사방은 뛰어난 무력과 장악력으로 이미 장사의 음지와 양지를 휘어잡았다.

“그건 아닐 겁니다. 총단에서도 사람을 풀어 예의 주시하고 있었지만, 움직임은 없었다고 합니다.”

“고수들을 뽑아 은밀히 움직였다면, 모를 수도 있어요.”

“이미 간자들을 일꾼으로 위장해 들여보냈습니다. 일거에 본 문의 세력을 지워 버리려면 그만한 인원이 움직여야 할 터인데, 전혀 그런 흔적이 보이지 않습니다. 그만한 일을 하려면 방주 정도는 되어야 할 터인데, 그의 행적은 장사와 무관합니다.”

“혹여 그들에게 조력자나, 은밀히 행사하는 암중 세력이 있을지도 모르는 일이지요…….”

심증은 있지만 물증이 없었다.

조력자가 있다고 해도 알아채지 못하면 말짱 헛것이었다.

무엇보다 장사가 이곳 무한과 가까운 점이 마음에 걸린다. 세력을 확장하려면 무한 지부와 부딪히지 않을 수 없고, 아직 확실하게 정체를 파악하지 못한 지금 필패라고 봐도 무리가 아니었다.

흑사방의 전력은 고작 지부가 단독으로 막을 만한 성실의 것이 아니니까.

“당장 총단에 연통을 넣어 정보 공유를 하고, 암흑상가에도 마찬가지로 지급으로 보내세요."

하오문과 암흑상가는 밀접한 관계를 맺고 있었다.

특히 장사에서는 암흑상가와 하오문이 손을 잡고 여러 시장을 경영했다. 거기가 날아갔다는 의미는 하오문의 사업 또한 고스란히 날아갔다는 뜻.

"되도록 빨리. 예감이 좋지 않아요."

전에 없이 낯선 소안위의 명령에 수하가 급히 부복하며 전서구를 날리려 달려갔다.

* * *

화정루의 기녀 여섯 명이 대낮부터 한가로이 대청에 앉아 조잘대고 있었다.

손님의 발걸음이 뜸한 터라 서로 분을 발라 주거나, 머리를 만지며 한참 동안 수다를 떨고 있었는데 화젯거리는 단연 몽견이었다.

"얘, 얘. 홍단아. 이번에도 몽견에게 연서를 부탁했다면서?"

"응, 철전을 꽤 묵직하게 가져다준 보람이 있었어. 환상적인 난까지 쳐 줬다니까?"

"그림까지 잘 그린다더니 소문이 사실이었구나."

"아주 전문 화공 빰을 후려갈길 정도야."

귀밑머리를 꼬아 넘기며 홍단이 칭찬을 늘어놓았다.

시서예화에 뛰어나기로 근방에서 소문이 자자한 지 공지

가 글과 그림에 찬사를 구구절절이 늘어놓았다는 이야기를 하자 너도 나도 손뼉을 치며 좋아했다.

"나도 나중에 부탁이나 해 봐야지."

이야기를 듣던 기녀 중, 청란이 고개를 갸웃거렸다.

"참, 몽견이는 도대체 뭘 하던 녀석이기에 그렇게 다재다능할까?"

화정루에 없어서는 안 될 존재가 된 몽견이었다.

그는 그동안 빚을 갚으려 안 해 본 일이 없었고, 하지 못한 일이 없었다.

버벅대던 일도 하루만 지나면 누구보다 능숙하게 처리했고, 그때마다 '전에 해 본 것도 같아요.'라는 익숙한 대답만 돌아왔다.

청란이 검지를 물면서 웅얼거렸다.

"학사였을 거라고 생각했는데 학사가 잡일에 능할 리도 없잖아. 손에 물 묻히기도 싫어하는 종자들인데."

"도공이 아니었을까? 그림을 그리려면 학문에도 능해야 하고, 돈을 밝히는 모습을 보면 아마 돈독 오른 화공이었을 것이 틀림없어."

"뭔 화공이 쌀가마를 세 개씩이나 이고도 거뜬히 걸어 다니니?"

갈수록 미궁으로 빠져드는 정체에 그녀들은 고운 미간에 골을 만들어 대며 끙끙댔다.

"시문에 능한 화류공자 아니었을까? 홍영이한테 시를 써

줬을 때는 시객이 기루까지 찾아와서 이 시를 쓴 사람을 보고 싶다고 떼까지 썼잖아."

청란의 말에 모두 까르르 웃었다.

"호호호. 하긴, 홍영이가 시는 무슨. 계집애, 아마 속이 뜨끔했을 거야."

"당연하지. 본 문의 고급 기녀라면 몰라도, 시는 무슨……."

"흥흥. 아무튼 처음에 들어왔을 때만 해도 어디서 병신을 한 마리 주워 왔나 했었는데 정말 놀라워."

"들었어? 깐깐하기로 유명한 건 대숙수도 몽견만 뜨면 맨발로 뛰어나온다잖아? 당장에 허락만 하면 제자로 들이겠다고 난리도 아니고."

"숙수 일을 배우면 맞아 죽을 것 같아서 싫다고 했지?"

"숙수 일을 하다 된통 당했나 보지. 호호호, 소림사 주방에서 일이라도 했던 것 아냐? 아, 마침 저기 오는걸?"

호랑이도 제 말 하면 온다고.

악동 같은 미소를 지으며 재잘대던 그녀들 시선에 멀리서 수레를 끌고 가는 몽견이 들어왔다.

손짓해서 부르자 오뉴월 개처럼 축 처진 몽견이 터덜터덜 다가왔다.

"무슨 일이십니까?"

"호호호. 요즘에도 용돈 벌이해?"

용돈!

단박에 부패한 물고기 눈깔처럼 휑한 눈에 생기가 돌았다.

"물론입니다. 빚을 갚는 그날까지, 양계장의 닭처럼 쉬지 않는 것이 남자의 덕목이지요."

'밤낮없이 열심히 알을 낳다 보면 황금알이 나올 때가 있겠지요!' 하면서 열변을 토했지만, 그녀들이 양계장의 덕목 따위를 들어 본 적이 있을 리가 없었다.

아마 몽견에게만 통용되는 덕목인가 보다.

장난기 가득한 웃음을 지으며 홍란이 검지를 치켜들었다.

"여덟 냥 줄게. 내 심부름 좀 해 줄래?"

"무슨 일인데요?"

"속옷을 받아 오는 일이야."

속옷 가게에 들락거리는 남자는 두 부류일지니, 첫째가 색마요, 둘째가 중증 변태다.

스스로는 어느 쪽도 아니라고 자부하지만, 타인의 눈에는 양쪽에 모두 속할지도 모르는 몽견은 얼굴색 하나 붉히지 않고 수락했다.

"그러지요."

당황하는 모습을 보며 놀리려던 홍란은 더욱 장난기가 동했다.

"이왕이면 아예 치마까지 입고 다녀오면 어떨까?"

"그것도 돈이 되나요?"

"열두 냥! 싫으면 관둬."

"싫을 리가 있나요?"

역시나. 돈이 걸리니 양손을 맞잡고 비비며 당장에라도

달려갈 기세였다.

정말 돈을 가져다주자 부리나케 달려간다. 얼마 있지 않아 달려오는데 얼굴에 쇠 가면을 쓰고 치맛자락을 휘날리며 헐레벌떡 달려오는 꼴은 가관이었다.

홍란은 물론이고 구경하는 이들까지 눈물까지 좍좍 뽑으며 포복절도했다.

"아이고, 배야! 진짜 하란다고 하니?"

"치마가 정말 잘 어울린다. 정말 매력적이네. 나 대신 기루에 나가도 되겠다."

"돈만 주면 뭐든 한다더니 소문이 정말이었어."

보통 사람이라면 놀림을 당하고 성부터 내겠지만, 화정루의 전귀 몽견은 별 반응이 없었다.

"뭐 또 돈벌이 없습니까?"

능청스러운 물음에 청란이 어이가 없어 되물었다.

"정말 돈만 주면 뭐든 하는 거야?"

잠시 턱을 괴며 고민하던 몽견이 한참 후에야 검지를 척 들어 올리며 심각한 어조로 대답했다.

"내 동정 빼고 웬만한 것은 다 할 수 있어요."

이번에도 그녀들은 까르륵 웃으며 눈물을 뽑았다.

얼굴이 만신창이에 몸도 성치 않은 주제에 배짱까지 부린다며 그들은 한동안 몽견을 놀려 대고 웃었다.

"아, 정말 재미있었다."

"학사는 무슨? 도공은 무슨? 저놈은 그냥 변태였을 거야, 변태."

"돈 밝히는 변태라니 최악이네."

구경꾼들 중에는 남자들도 있었다. 그들은 남자 망신 다 시키는 몽견을 보며 이맛살을 찌푸렸다.

"지미럴. 제 놈은 밸도 없나?"

"아무리 돈이 좋아도 아주 병 수준이야, 병."

"일을 잘하면 뭐 해? 남자 망신 다 시키는데."

사람들이 쑥덕거렸지만, 전낭을 짤랑거리는 몽견은 마냥 행복해 보였다.

이후에 사람들은 몽견이 무슨 일을 하든 놀라지 않게 되었다.

능력이 좋으면 뭘 하나?

변태에게는 약도 없다.

"그래 봤자 몽견이지."

이야깃거리를 몰고 다니는 몽견이 씹을 만한 상대로 전락하는 가운데 대부분의 사람들은 손가락질하며 비웃었지만, 구석에서는 못마땅한 표정을 짓는 이도 있었다.

"어째서 거절을 하지 않는 거야?"

코에 힘을 주며 새끼 기녀 규화가 혼잣말로 투덜거렸다.

* * *

삼마 낭극광과 칠마 장중백이 머리를 맞대고 앉았다.

"비곡의 연놈들이 냄새를 맡았다."

"쯧, 세외사패의 일이 잘되었다면, 신비한 척하는 놈들만 박살 내면 깔끔하게 끝났을 것을…… 귀찮게 되었어."

"적마와 육마가 바보짓만 하지 않았어도 천하는 이미 손에 들어왔을 텐데 참 아쉽군."

완벽하게 강호를 일통하기 위해 많은 시간과 돈을 투입해 꾸민 계략이 채 시도도 못 하고 돌아간 꼴이니 아니 아까울 수 없다.

신투의 비동이라든가, 빙궁이라든가, 검각의 공격마저 수십 년을 준비했던 것이니 속이 쓰렸다.

"하지만, 덕분에 천마지검을 훔친 개자식을 처단할 수 있었어. 오히려 득이 크다고 해야지."

낭극광의 말에 장중백이 턱에 주름을 잡았다.

하긴, 자신들을 막았던 괴물 같은 꼬마가 은밀히 자신들에게 협잡을 꾸몄다고 생각하면 자다가도 가슴 한편이 서늘해진다.

"그건 그렇지. 괴물 같은 꼬마 놈. 놈을 죽인 것만 해도 이득이야."

"독종 같은 자식이었으니 적당히 할 만큼 개념이 있는 놈도 아니었지. 아마 막장까지 설쳐 대며 련의 행사를 방해했을 거야. 차라리 잘되었어."

강호는 무공만으로 움직이지 않는다.

죽이고 파괴를 하는 일이야 누워서 떡 먹기지만, 잘못해서 관부와 엮이면 초장부터 다수의 적을 상대해야 하는 꼴이다. 상계도 신경 써야 하고, 세외의 세력 또한 무시했다가는 큰코다친다.

가장 손쉬운 방법은 자금을 손에 넣는 일이다.

천하 십대 상단을 손에 넣으면 쉬운 일이지만, 정작 그들은 강호인의 습격이나 권력에 굴복하지 않기 위해 자금을 무수히 많은 곳으로 분산시켜 놓거나 사업장을 감추며 꼼수를 부렸다.

그런 상황에서 만에 하나 관부까지 엮이면 강호의 일만으로 끝나지 않을 거였다.

뒷돈을 주던 상단이 무너지면 분명히 눈에 불을 켜고 달려들 테니 은밀히 행사해야 하는 지금은 불가한 일이었다.

반면에 암흑상단은 달랐다.

"어쨌든 여기 장사는 제법 풍족하군. 자금에 여유가 생겼다."

점조직으로 운영되며, 각지의 비처에 흘러든 장물이나 자금을 관리하는 터라 일시간의 재물을 취하기에는 더없이 좋은 창구다.

이미 몇몇 지부를 박살 내고 얻은 금액만 해도 사마맹을 회유하고, 관에 연줄을 만들고도 남을 금력을 얻지 않았는가 말이다.

관부에서 음지의 무인들 싸움에 개입하지 않는다는 선언마저 이끌어 냈으니 금상첨화였다.

"자금이 풍족하니, 다음 계략을 실행할 때군."

"방도를 모으고, 명분을 세운다. 끌끌끌. 정파 놈들이 가장 중요시하는 대의명분을 끌어다 쓰면 녀석들의 표정이 볼만하겠군."

련주가 고안한 계략이 부실할 리가 없다.

특히 아이들을 사들여 무인으로 키우려던 공작이 실패한 지금, 몸집을 불리기 위해 련주는 상당히 공을 들였다. 암흑상가의 지부를 공격하게 한 것도, 이후의 대책도 모두 세워 둔 후다.

"자마대!"

어둠 속에서 스르륵 핏빛 무복을 입은 무사들이 나타났다.

"당장에 흑사방의 이름으로 인재를 구하고, 모은 정보를 이용해서 재능이 있는 자를 골라낸다."

"간자가 숨어들 가능성이 있을 겁니다."

"모든 것은 련주님의 뜻대로 흐르기 마련이다. 간자든 첩자든 모두 받아들여 흑사방의 몸집을 키운다. 쓸 만한 인재들은 모든 방법을 동원해 거둬들이고, 의심 가는 자들은 정파와 사파의 싸움에 투입해야지."

약간의 삐걱거림은 있었지만, 련주의 대계는 계획했던 바와 크게 다르지 않게 흘러가고 있었다.

일견하기에 천하는 운명대로 흘러가고 있는 듯했다.

*　*　*

강호에서 언젠가부터 불기 시작한 소문이 구주강호를 내달렸을 때, 구주강호는 경악했다.

"흑사방은 일 년 전 정파의 아홉 문파를 멸하고, 사마맹 아홉 문파를 잿더미로 만든 이들이 만든 방파다."

무림맹이 다시 한번 발칵 뒤집어졌다.

그간 종적을 찾을 길 없던 이들이 갑자기 장사에서 나타났으니, 놀랄 만도 했다.

당장에 부랴부랴 정보대를 파견하며 법석을 떠는 사이 흑사방이 한발 먼저 움직였다.

엄청난 속도로 주변의 작은 문파나 세력을 흡수하더니 막강한 재력과 장악력을 바탕으로 떠돌이 낭인들에게까지 손을 뻗었다.

일은 실로, 번갯불에 콩 구워 먹을 속도로 진행되었다.

'어라?' 하는 사이 순식간에 대문파로 자리매김했던 것이다.

전례가 없을 속도로 성장한 이들에 놀라는 사이 흑사방은 강호의 호사가들이 백 년을 우려먹을 놀라운 선언을 했다.

"원한이 있는 자들은 오라. 사리에 맞는 은원은 본 방에서 해결해 줄 것이다."

은원을 해결해 준다.

그 소문은 힘이 약하고, 무공이 낮아 복수를 하지 못한 하류 무인들을 자극했다.

그동안 구파일방과 칠대세가에 연이 있어 복수를 하지 못한 이들이 얼마인가.

사마맹이 위맹하다 하여 피눈물을 흘리며 원수를 갚을 수 없다고 체념한 이들이 얼마인가.

강호에 원한이 있는 자부터, 탐관오리에 수탈당한 화전민까지 꼬리에 꼬리를 물고 흑사방의 문을 두들겼다.

"약한 이들에게는 무공을! 빈곤한 자들에게는 황금을!"

명분이 확고하다면 대신 원수를 갚아 주기까지 하니, 당장에 흑사방의 명성은 하늘 높은 줄 모르고 솟아올랐다.

세인들은 흑사방을 일컬어 천하에 다시없을 협객의 문파라 칭했고, 혹자는 더없이 간교한 수작이라 폄하했다.

아직은 진정한 목적을 파악하기 힘들었지만, 예상을 아득히 넘어서는 행사는 적어도 무림맹을 완전히 농락하고 있었다.

능력 있는 자들을 거두고, 각종 이유를 들어 빚을 지우며, 흑사방은 당금 칠대세가에 맞먹는 무력을 보유한 문파로 커졌다.

하지만 위기의식이 부족한 정파인들은 그저 바라보고만 있었다. 관조하고 때를 기다리다 보면 스스로 망할 것이라는 것이 공통된 의견이었다.

"제아무리 돈이 많은 방파라 하더라도 모든 이들을 먹여 살릴 수는 없는 노릇이지."

"화전민에게 무공을 가르친다고 얼마나 도움이 될까? 그들은 제 살을 깎아 먹는 격이니 손을 놓고 기다린다면 알아서 망할 거야."

"인원수가 많아도 고수가 없으면 얼마 못 가. 사상누각과 같지. 하하하! 녀석들이 살려고 무리수를 두었군."

바야흐로, 전생의 진백천이 빚을 지고 혈전귀견으로서 악명을 쌓아 갔을 때의 시기가 도래하였다.

천하는 흑사련의 진정한 모습을 여전히 몰랐고, 음지에서 때를 기다려 온 이들의 분노를 알지 못하였다.

* * *

무림맹에서도 흑사방을 주시하고 있었다.

취합한 정보를 나열하며 제갈백여가 난감한 표정을 지었다.

"……이로써 흑사방이 의문의 세력임이 확인되었습니다."

현진자가 당장에 이를 갈며 소매를 떨치고 일어났다.

"적이 확인이 되었다면 이러고 있을 것이 아니라, 당장에 가서 그자들을 단죄해야 하는 것이 아닙니까? 군사께서는 어찌 동원령을 내리지 않는 것이오?"

"그게 생각처럼 쉽지 않습니다."

"쉽지 않다니 무슨 말이오? 군사! 적은 명백히 본 맹에 적의를 드러내지 않았습니까?"

진백천의 사망 소식은 언제고 저제고 제자로 들일 생각만 하던 현진자에게 마른하늘에 날벼락이나 다름이 없기에 전에 없이 언성까지 높여 가며 설토했다.

성을 내던 현진자를 취선개가 만류했다.

"잠시 참게나. 군사가 할 말이 있는 것 같아."

"할 말이 뭐가 있겠나? 무림맹의 문파 아홉 개를 절단 냈네. 눈 뜨고 코를 베였는데 가만히 있는다면 무림 동도들이 우리를 비웃을 것이야!"

"그게…… 그렇게 쉬운 상황이 아닙니다."

무거운 어조로 제갈백여가 말을 이었다.

"그들이 자리를 잡은 곳은 호남. 사마맹과 본 맹의 경계 부근이지요."

"그게 어쨌다는 말인가?"

"예전과 같이 형산파의 세가 강했다면 모르지만, 오래전부터 형산파의 힘이 없어지다시피 하였으니 이제는 무주공산이라고 해도 과언이 아닙니다. 한마디로 그곳은 무림맹에도 사마맹에도 속하지 않는 곳이지요. 관부의 힘이 강해 지금까지는 딱히 무가가 들어서지 못한 탓도 있었습니다. 하지만, 지금 관부가 혼란에 빠진 틈을 타, 장사의 무력이 순식간에 평정되었습니다. 그들의 막강한 힘을 잘 알 수 있는 대목이지요."

"그들이 강하다고 한들, 질 것이라고 생각하지는 않네."

"당연합니다. 그들이 전처럼 숨겨진 세력이라면 몰라도 드러난 이상 큰 위협이 되지 않습니다. 숨겨진 전력이 있다고 한들, 한계가 있지요."

"……."

"문제는 사마맹에서도 그들을 넘보고 있다는 사실입니다. 만약, 호남에 자리를 잡은 흑사방을 공격한다면 정사대전으로 번질 우려가 있습니다."

정사대전.

네 글자가 가지는 무거움을 익히 알고 있는 현진자가 말을 더듬었다.

"설마 그렇게까지 되겠는가?"

"그렇지 않아. 정말 용의주도한 놈들이지. 그들은 장사의 이권을 얻자마자 관부에 연을 대고, 사마맹에 사업권을 양도했어. 이미 사마맹의 수뇌들이 대부분 그들을 받아들이는 추세지. 채 우리 아이들이 도착하기도 전에 일어난 일이야."

개파 이후, 고작 한 달이 채 지나지 않았다.

그 짧은 시간에 관부와 사마맹을 구워삶았다니, 정말이지 번갯불에 콩을 구워 먹어도 이처럼 신속하지는 않으리라.

"단죄할 명분이 없다면, 공격할 수가 없습니다."

"문파 아홉이 기둥뿌리 하나 남지 않고 무너졌어. 이보다 좋은 명분이 어디 있겠소?"

"그게…… 그들이 보인 무력이 범상치 않아 더욱 문제입니다. 총동원령을 내리자니 사마맹이 개입할 여지가 있고, 은밀히 공격하자니 시일이 오래 걸립니다. 무엇보다 일전의 혈사를 '복수'라는 대의명분을 걸고 행했습니다. 현재 힘없는 자들의 복수를 대신한다는 명분도 걸고 있어 손을 대기 힘든 상황입니다."

죽은 자들은 말이 없다.

어찌나 잔인하게 문파들을 몰락시켰는지 생존자도 거의 없다.

때문에 1년 전의 혈사가 복수 때문이었는지 파악할 길도 없다.

더욱이 현재 흑사방을 옹호하는 여론이 강했다.

"그 말은…… 이대로 손을 놓고 있자는 말인가?"

"복수를 끝낸 후, 강경한 그들과 뜻을 달리해 나섰다고 합니다. 십인교의 주인은 축출되었으며, 큰 부상을 입고 도망을 갔다고 하니 이제는 전의 일을 꼬투리 잡을 수도 없습니다."

이렇게 깜깜한 경우가 있나.

정말이지 잘 짜인 연극처럼 치밀해서 도무지 밀고 들어갈 틈이 보이지 않는다.

"일단은 관부의 세를 다시 살려 둘 필요가 있습니다. 또한, 긴밀히 주시하며 그들의 동태를 파악하는 것 외에는 답이 없습니다."

현진자는 불만이었지만 딱히 방법이 없다는 사실을 깨달았다.

장내의 다른 장로들도 내키지는 않았지만, 고조되는 다툼으로 얻는 이득이 쏠쏠해 구태여 나설 필요를 못 느꼈다.

'소홀하던 문파들이 어떻게 본 문의 고수들을 얻어 보려 천금을 싸들고 찾아오는데, 현진자는 무리한 말만 하는군.'

'굿이나 보고 떡이나 먹는 게 최고지.'

'나중에 손을 써도 늦지 않잖아? 어차피 고수가 없는 문파야 반짝하고 사라질 테니까.'

흑사방이 난리를 치자, 크고 작은 문파들이 비호를 부탁하며 재물과 이권을 싸들고 찾아온다.

때문에 현재 성수기 효과를 톡톡히 보고 있는 문파들로서는 직접 움직여 피를 흘리기보다 가만히 있으면서 이득만 주워 삼키기를 바랐다.

아직 전력이 파악되지 않은 이들과 싸우는 상황을 최대한 피하고 싶은 것도 그들의 침묵에 일조했다.

* * *

무림맹과는 달리 사마맹에서는 잔칫집 분위기였다.

"으하하. 봐라, 사뇌. 흑사방 놈들이 보내온 선물에 창고가 무너질 지경이야."

장사에 자리를 잡은 흑사방이 보내온 재물은 엄청났다.

마치 황제에게 조공을 하듯 막대한 선물을 들고 왔는데, 당장에 극패천의 입이 찢어졌다.

"이거 전부 꿀꺽하면 평생 떵떵거리며 살아도 부족하겠다. 으하하하! 황금으로 집이나 지어 볼까?"

"패주님, 너무 좋아하시는 것 아닙니까?"

사뇌가 심드렁한 어조로 대꾸했다.

"이봐, 사뇌. 이제 나도 나이가 들었어. 손자 재롱을 보며 지낼 나이라고."

"손자는 무슨. 자식 재롱부터 보십시오. 손자 나이랑 자식 나이가 동갑이 되었으니, 참 좋으시겠습니다."

사마맹은 정직하게 사도를 따르는 무리다.

그 수장인 극패천은 말할 것도 없었다. 처첩을 거느리는데 그 나이 차이가 상당해, 최근에 들인 첩이 낳은 아이와 처가 낳은 아이의 자식이 동갑 친구 하기에 이르렀다.

내심 켕기긴 했지만, 기분이 좋은 극패천은 괜스레 헛기침을 했다.

"험험. 사뇌, 웬일인지 말에 가시가 있군?"

"패주님께서는 수상하지도 않습니까? 얼마 전에는 개판을 치며 칼질하던 녀석들이 순식간에 아군으로 돌아섰습니다."

"좋은 게 좋은 것 아닐까?"

"안 좋으니까 하는 말 아닙니까!"

버럭 소리를 지르는 사뇌를 보며 극패천이 내심 찔끔했다.

솔직히 자신도 모르는 바는 아니다. 수상한 구석도 헤아리지 못할 정도로 많았다.

하지만 변명할 말도 충분히 있었다.

"이봐, 사뇌. 녀석들은 제법 강한 놈이야. 선물 들고 온 놈 봤지?"

"눈이 있으니까 보긴 봤습니다. 대단한 고수더군요."

"그래, 적어도 본 맹의 어지간한 장로급은 되겠더라고. 그런 고수가 고작 심부름꾼이야. 전력이 말도 못 하게 강한 놈들이지."

"알고 있습니다."

"그렇다면 차라리 감싸 안는 게 좋잖아. 무림맹 놈들 사이에서 완충 작용도 할 테니 더더욱 좋지."

모래알처럼 흩어져 있던 사파의 세력을 규합한 극패천이었다.

무식하기는 하지만 머리가 나쁘지는 않다. 오히려, 누구보다 교활해서 어지간한 책사들은 감히 말조차 꺼내지 못할 정도로 지략이 뛰어났다.

그러나 사뇌의 의견은 정반대였다.

"산하 문파를 작살낸 놈들을 이득이 있다는 이유만으로 감싸 안는다면 누가 본 맹에 남아 있겠습니까? 아예 이 기회에 무림맹 놈들과 연합을 하여 박살을 내는 쪽이 좋습니다. 너무나 수상합니다."

"이봐, 사뇌. 그건 너무 무식한 방법 아닌가?"

"저 무식합니다. 그런데 가끔 골치 아프게 머리 굴리고 사니까 피곤하더군요."

"왜 그래? 세상 하루 이틀 산 사람도 아니고."

"할 말은 해야겠습니다, 패주. 흑사방 놈들은 속이 시커먼 놈들입니다. 계략에 능하고 음모에 뛰어난 놈들치고 야망 없는 놈들은 보지 못했습니다. 이참에 지워 버려야 합니다."

애걸복걸에도 극패천은 꿈쩍도 하지 않았다.

"고수가 있긴 하지만, 얼마나 될까? 복수에 미쳐 눈이 돌아갔으니, 당장에는 돈을 물 쓰듯 쓰지만, 나중에 금력이 고갈되면 고사할 놈들이야. 먼저 공격해서 무리수를 둘 수 없지. 암, 그렇고말고. 그동안 이 돈으로 사마맹을 굳건히 하면 그만인 게야."

"주머니를 채우실 작정이 아니시고 말입니까?"

사뇌의 날카로운 지적에 뜨끔한 극패천에 재빨리 둘러댔다.

"나는 사마맹이 커지기를 원하는 거야. 황금이라든가, 황금이라든가, 황금은 어디까지나 덤이야, 덤."

물론 사뇌는 눈곱만큼도 믿지 않을 소리였다.

"황금만 세 번 복창하셨습니다."

믿을 놈을 믿지, 황금이라면 자다가도 벌떡 일어나는 극패천을 믿을 수는 없었다.

"걱정 마. 녀석들이 불손한 마음을 먹으면 무림맹을 충동질해서 싸우게 만들면 되니까. 일단은 두고 보자고."

극패천은 흑사방을 언제나 축출할 수 있다고 판단했다. 반면에 사뇌는 흑사방을 천하에 다시없을 간교한 적으로 보았다.

하지만, 결국은 극패천의 뜻을 거스를 수는 없었다.

사마맹의 결정권자는 극패천이었지, 사뇌가 아니기 때문이었다.

* * *

사마맹과 무림맹이 관조하기로 마음을 먹자 정작 골머리를 썩는 쪽은 장사와 악양의 크고 작은 문파들이었다.

상권을 흑사방이 틀어쥐며 상계를 좌지우지하는 터라 자금을 구하기도 쉽지 않았다.

호북 경산문의 문주 우도곤이 머리를 쥐어뜯었다.

"문주님, 이번에는 하남 쪽 거래선이 끊겼습니다."

"도대체 이게 무슨 말도 안 되는 일이냐? 우리와 오십 년이 넘게 거래하던 그들이 하루아침에 등을 돌렸다니, 말이 돼?"

"믿기 힘든 노릇이지만, 어쩔 수 없습니다. 저희를 대변하던 상가 연합회가 등을 돌렸습니다. 호의적이었던 이들이 의문사를 당했으니, 누군가 손을 쓴 것이 틀림없습니다."

“눈 뜨고 당하고 있는데, 무림맹은 무엇을 한단 말이냐?”

소리를 쳐 보지만 답은 알고 있었다.

속세에 관여하지 않는 도, 불가의 구파일방은 홀로 고아하게 존재하니까.

“구파일방은 이름값으로 먹고살고, 칠대세가는 그동안의 역사로 먹고살지. 그럼 우리는 뭘 먹고살지?”

“문주님, 우리는 예산을 먹고살지 않습니까?”

“그렇지, 그런데 우리 예산이 없어졌단 말이야. 밥이 없어졌어. 먹이가 없어졌다고!”

평소에 체통을 지키던 문주가 징징 짰지만, 총관 또한 이해가 가지 않는 것이 아니었다.

‘돈 흐름이 정말 꽉 막혔어. 이러다가 정말 굶어 죽는 것 아닌가 몰라. 은퇴하고 싶은데, 벌어 놓은 돈이 없으니…….’

나가야 할 돈 목록은 책 한 권 분량인데, 들어올 곳은 손가락으로 꼽을 정도였으니 정말 미칠 노릇이었다.

“이러다가 뒷동산에 심어 둔 소나무 껍질 벗겨 먹고 살겠습니다, 문주님.”

“으으으. 미치겠다. 요즘에는 무공 연마는커녕, 어떻게 하면 적게 먹을까 궁리하는 통에 하루 열두 시진조차 부족하다. 뭔가 방도를 세워야 해.”

“돈을 차용해 쓰면 어떻겠습니까?”

“차용?”

우도곤의 귀가 쫑긋거렸다.

"흑사방에서 돈을 차용해 준다는군요. 이자도 적고, 정 안 되면 노동으로 갚을 수 있다니 더없이 좋지 않겠습니까?"

"인마, 총관. 그러니까 지금 흑사방 같은 사파에 몸을 의탁하라는 거냐?"

"흑사방이 어디 사파입니까? 당금 가장 유명한 문파이자, 억울한 자들의 복수를 대행해 준다는 정사지간의 문파 아닙니까?"

"이름에 흑(黑)자가 들어가 있잖아? 까마귀 동경하는 놈치고 착한 놈을 못 봤어!"

버럭 성을 내자 총관이 귀를 휘휘 파며 대꾸했다.

"언제 적 이야기를 하십니까? 까맣다고 나쁜 놈이면, 동창 놈들은 다 때려죽일 놈들입니까?"

화들짝 놀란 우도곤이 급히 총관의 입을 막았다.

"이 사람이 진짜…… 나 죽는 꼴 보려고 그래?"

"맞는 말 아닙니까? 옆 동네 하검파는 이미 흑사방에서 돈을 빌리고, 이자는 제자들이 간단히 노동해 주고 갚는답니다."

"그런 일이 있었나?"

마음이 기운 우도곤이 가자미눈을 했다.

"소식이 늦군요. 이자가 낮은 데다가, 무력을 대 주거나 흑사방의 문도들에게 간단한 무공을 가르쳐 주면 그나마도 면제해 준다니, 어느 사파가 그런 마음씨 좋은 일을 하겠습니까? 이것은 기회입니다. 다른 문파들도 자금 사정이 좋지 않아 사업장 관리도 힘들지요. 이 기회에 돈을 빌려 사업장 확대를 해야 하지 않겠습니까? 돈을 주면 무기와 필요한 물품까지 대 준다니 더더욱 좋지요."

겁나게 솔깃한 이야기다.

'이자가 겁나긴 하지만, 노동해 주고 갚을 정도면 괜찮군. 원금이야 나중에 돈 벌어서 갚으면 되니까 나쁘지 않은 이야기네.'

어차피 선택권도 별로 없었다.

몇 번의 채근 후에 마음이 완전히 기운 우도곤이 벌떡 일어섰다.

"좋아, 역시 총관이야. 당장에 사람을 보내!"

기운차게 외쳐 보지만, 우도곤이 한 가지 간과하고 있는 사실이 있었다.

각지에서 그와 같은 생각을 하고 흑사방에 도움을 요청하는 이들이 줄을 잇고 있다는 사실을.

九. 기다리는 사람들

막여령과 검후의 도움으로 유설영은 영약…… 을 완전히 흡수하는 데 성공했다.

어찌나 영약의 힘이 강력한지, 검각의 최고수인 막여령과 검후는 진땀을 흘려야 했다.

실로 엄청난 내공을 얻자 호랑이에게 날개를 단 격이었다.

경계심 없는 커다란 눈망울로 세상을 호기심 반, 두려움 반으로 바라보던 소녀는 이제 한 명의 당당한 무인으로 자리매김을 했다.

자유로움을 좇아 너르게 움직이던 검로는 날카로워졌고, 검 끝은 거침이 없었다.

영약을 완전히 흡수한 유설영의 무공은 또 다른 경지로 나아가고 있었는데, 막강한 내력을 바탕으로 펼치는 검격은 이제 검후라도 쉽게 생각하지 못할 정도였다.

물론 살기 일변도의 검만을 얻은 것은 아니었다.

유설영은 진백천의 죽음을 믿지 않았다. 언제고 돌아오

리라 굳게 믿었다.

차갑기만 하던 마음을 녹인 것은 진백천의 오두막에서 발견된 작은 책자였다.

책자에 적힌 제목을 확인한 유설영은 눈물이 핑 돌았다.

유설영 관찰 일기

검후는 떨떠름한 모양이었지만, 아니, 대부분의 사람이라면 누가 자신을 지켜보고 있다는 사실에 거부감을 느끼고, 발견 즉시 관아에 압송, 혹은 당장에 곤죽을 만들기를 원할 테지만, 유설영은 그저 좋았다.

책에는 자신이 하루 동안 얼마나 웃었는지, 몇 번을 넘어졌는지, 검후가 얼마나 나쁜 스승인지 등등이 빼곡하게 적혀 있었다.

이걸 작성했을 진백천이 떠오르며, 유설영은 공허했던 마음이 따뜻함으로 채워지는 진귀한 경험을 했다.

손때 묻은 책을 품에 간직하며 좋아하는 유설영을 보며 검후가 미간을 찌푸렸다.

"물들었다. 진백천 이 악귀 같은 놈, 설영이를 물들였어. 돌아오기만 해 봐라."

"좋지 않느냐? 홀홀홀. 자유로움은 좋은 거지."

"스승님, 자유로움도 정도가 있습니다. 진백천, 녀석은 법도를 넘었어요. 사마외도, 전인미답의 경지를 걸어가고 있단 말입니다!"

검후의 시선이 제자의 가슴에 멎었다.

내공만큼 부푼 유설영의 가슴은 작은 체구와 어울리지 않게 성장했다. 아무리 봐도 또래보다는 월등한 수준.

참으로 몹쓸 모습이 아닌가!

진백천이 이 자리에 있었다면 실로 파격적인 모습에 한 소리 비명과 함께 코를 싸잡으며 승천할지도 모를 만한 모습이다.

영약을 제조하며 음흉하게 웃었을 진백천을 생각하면 당장에 혈압이 올랐다.

"진가 놈이 돌아오면 일단 덮어 두고 삼백팔십 번만 두들기고 싶습니다."

"홀홀홀. 구태여 네가 나서지 않아도, 설영이의 모습에 심장이 멈춰 죽을지도 모르지."

이제는 두 사람 다 진백천의 죽음을 믿지 않았다.

오두막에서 발견된 흔적을 보면, 절대로 죽을 놈이 아니라는 생각이 들었다.

유설영이라든가, 유설영이라든가, 유설영이 의지하고 있는 한 절대로 죽을 놈이 아니다.

두 사람의 대화는 유설영에게 닿지 않았다.

유설영은 멍한 시선 가운데 차례로 절기를 펼쳐 내며 꿈에서 본 낯익은 얼굴을 떠올리고 있었다.

달빛 아래에서 조용히 검무를 추는 여인을 좇으며 마음

으로 움직였다.

서서히 검의 궤적이 꽉 찬 만월을 닮아 가고 있었다.

* * *

천하제일 세가는 평화로웠다.

적어도 겉으로는 그랬다.

남궁세가의 비처 중의 비처.

가주의 전용 연무장에서는 남궁호가 바라보는 가운데 남궁수아와 남궁제가 격검을 하고 있었다.

"수아야, 멈춰라."

"허억. 허억."

크게 오르락내리락하는 남궁수아의 어깨는 당장이라도 부서질 듯했다.

머뭇머뭇 검을 거두지만 여력이 다하지 않았다는 듯 고집이 가득한 눈으로 조부를 바라본다.

남궁호가 침중하게 고개를 가로저었다.

"너무 무리했다. 과함은 모자람만 못하다."

"아니에요. 저는 더 할 수 있습니다."

"멍청한 소리! 네 손을 보아라."

시선을 내리자 땀이 범벅이 되고, 피가 흐르는 채로 굳어 피딱지가 엉겨 붙은 손바닥이 있었다.

"스스로의 한계를 아는 것도 수련이다. 그만 들어가 쉬어라.”

“아직이에요. 아직 저는 강해지지 않았어요.”

“갈! 너는 충분히 강해지고 있다. 조급함은 게으름과 함께 멀리해야 할 덕목임을 누차 강조하지 않았느냐!”

“아직 지치지 않았습니다.”

홀린 듯 남궁수아가 검을 고집스레 집어 들었다.

“정신 차려라!”

짜악!

결국 남궁호가 남궁수아의 뺨을 때렸다.

마음이 아프지만 어쩔 수 없었다.

눈에 넣어도 아프지 않은 손녀였다.

하지만, 심마가 찾아올지도 모르는 상황이니만큼 손을 독하게 쓴 것이다.

당장에 뺨이 벌겋게 부어올랐지만 남궁수아는 시선을 내리깐 채 볼을 만지작거릴 뿐 검을 놓지 않았다.

대신 뺨의 통증이 느껴지지 않는 건지 아예 감각이 마비된 건지, 강박 관념에 사로잡힌 인형처럼 그저 기수식을 취하려 안간힘을 썼다.

그 모습이, 움직임이 흐느낌과도 같아 남궁호는 가슴이 미어졌다.

“수아야, 고통스러운 것은 나도 마찬가지다. 하지만, 참아 내야 한다. 마음을 이겨 내지 않으면 오히려 독이 될 뿐이다.”

엄함과 자상함이 공존하는 목소리에 남궁수아가 이내 참아 왔던 눈물을 쏟아 냈다.

가련한 새처럼 몸을 작게 떨며 흐느끼는 목소리로 물어왔다.

"할아버지, 저는 어쩌면 좋아요……?"

"……."

"저는 더욱 강해져야 해요. 지금보다 더욱더."

"너는 충분히 강해졌단다."

"아니에요. 강해져야 해요. 복수할 거예요. 백천이를 죽인 놈을, 증조부님을 해한 놈에게 복수할 거예요."

"……잘 들어라. 청풍검법은 푸른 바람을 담은 검법이다. 바람은 한군데 머무르지 않는다. 그저 흐르되 자유로워야 한다."

알고 있다. 귀에 딱지가 앉게 들어온 바를 어찌 모르겠는가.

하지만, 지금은 그저 움직이고 싶었다.

진백천을 생각하면 도저히 참을 수가 없었다.

마지막 그때, 자신에게 희미하게 웃으며 떠나가던 모습을 떠올리면 끊이지 않고 눈물이 났다.

옷자락을 왜 잡지 못했을까? 마지막까지 어째서 잡지 못했을까?

자신을 두고 떠나간 진백천이 야속하기도 했지만 더욱 큰 감정은 자신의 나약함에 대한 질책이었다.

마음이 흔들리지 않았다면. 더욱 힘차게 마음으로 부딪혔다면 진백천은 가지 않았을지도 모르지. 죽지 않았을지도 모른다.

한 번 봇물이 터지듯 시작한 자책은 꼬리를 물고 이어졌다.

그때, 어깨에 머무는 따뜻한 온기가 있었다. 고개를 돌려 보니 남궁제가 빤히 자신을 바라보고 있었다.

속을 알 수 없는 채로 남궁제가 지나가듯 말을 내뱉는다.

"꽃사슴 오빠는 강하다."

무슨 말일까? 뒷말을 기다렸더니 그는 당황한 표정으로 '흠!' 하고 코에 힘을 주며.

"그러니까, 꽃사슴 오빠는 강하다."

마땅히 할 말이 없는지 똑같은 말을 늘어놓고는, 다시 끙끙거리며 뭔가를 떠올리기 시작했다.

"아니, 내가 하고 싶은 말은……."

'음음.'과 '흠흠.'을 대략 서른 번 정도 반복하고는.

조심스레 입을 열더니.

"……처형인가?"

의미를 알 수 없는 말을 뱉어 냈다.

남궁호 또한 적잖이 당황한 모양인지 평소의 근엄한 모습과는 다르게 괜스레 먼 곳을 바라보며 어깨를 들썩인다.

대략 일다경 정도 끙끙거리고 내놓은 대답으로는 빈약하지만 어쨌든 남궁수아는 바라는 대답을 들은 것 같았다.

"……고미워."

"음, 내 말을 잘 알아들었군. 다행이다."

어느새 연무장 구석에서 홀로 수련을 하던 흑산월도 곁에 와 있었다.

"흑산월?"

"주모, 교관님은 곧 돌아오십니다."

그동안 대단한 자질과 성취로 남궁호를 놀라게 한 흑산월이다.

남궁제와 함께 남궁가를 이끌어 나갈 인재로 인정받은 그는, 진백천이 알려 준 사람 잡는 수련법과 남궁호의 엄한 교육을 받으며 하루가 다르게 성장하고 있었다.

일말의 거짓도, 불안도 느껴지지 않은 채로 흑산월이 굳게 다문 입술을 달싹였다.

"교관님이 돌아오실 때 질질 짜는 모습을 보일 수는 없지요."

하루에 한두 마디 꺼낸 적이 없는 흑산월치고는 대단히 이례적인 모습.

그제야 마음에 온기가 돌아오는 남궁수아의 머리에 손을 얹으며 남궁호가 자상하게 말했다.

"수아야, 조급해하지 마라. 하늘의 부름을 받은 사람은 쉽게 쓰러지지 않는 법이다. 고난과 역경이 있을지언정 포기는 없는 이들이 바로 신인이지. 힘들겠지만 참고 기다려 보아라."

"예, 조부님."

그래, 아직 정정당당히 승부하지 않았잖아.

과거의 인연에 얽매인 바보 같은 녀석이다. 언제나 쫓겨나도 헤헤 웃던 녀석이다.

아직 포기할 수 없어. 왜냐면 녀석은 바보일 뿐 아니라, 변태에다가, 소아 도착증 환자에다가, 나 같은 미녀의 고백을 뻥 차 버린 멍청이니까.

멍청이니까 바로 알려 주지 않으면 안 되잖아. 차근차근, 하나하나 설명해야 알아들을 바보니까!

그때까지. 어깨를 나란히 하고 서로 같은 위치에서 동등하게 서기 전까지, 남궁수아는 주저앉을 수가 없었다.

* * *

"에취!"

몽견이 코를 훌쩍이며 중얼거렸다.

"이런, 귀까지 간지럽네. 누가 내 욕을 하는 건가?"

하지만 그런 생각을 해도 기억이 없으니 별 감흥이 없었다. 떠오르지도 않는 기억을 생각하느니 차라리 돈이나 버는 게 나았다.

실로 막대한 속도로 돈을 불려 간 몽견은 거의 돈을 다 갚았다.

한 일 년 정도면 이제 만팔도 자유의 몸으로 풀려날 테니, 당분간의 목적은 어렵지 않게 달성할 수 있어 보였다.

"으자잣! 오늘도 한번 붙어 보자!"

간만에 시간이 남아 그간 미뤄 둔 수련이나 해야지.

침상을 툭툭 턴 몽견이 헐레벌떡 이불을 뒤집어썼다.

"아차, 이놈을 잊었군."

등딱지에 몸을 감춘 거북이처럼 이불을 뒤집어쓴 채로, 슬슬 손만 뻗고는 머리맡에 놓인 쇳조각을 잽싸게 잡아채는 몽견이었다.

"이번에는 지지 않는다!"

구호까지 외치며 잠을 청하는 몽견의 모습은 이제 낯익은 모습이었다.

잠이 들면 언제나 끝이 없는 어둠의 한가운데에 서 있다.

일 년이 넘게 마주하던 어둠은 이제 두렵기보다는 친근했다.

검결지를 쥔 손을 앞으로 내밀고 기다리자 물감을 풀어 놓은 듯 이지러지던 어둠 속에 한 사람이 떠오르며 목소리가 귓가를 울린다.

"만법이 시작된 하나가 돌아가는 하나라면, 그는 이미 하나가 아니다. 도를 공이라 부르면 아니게 되듯 하나를 구하려면 그저 만 가지에 눈을 돌려 하나만 보면 된다."

귀에 딱지가 생기도록 들었던 물음.

이미 정답 또한 알고 있는 몽견이 시선을 바로 하며 한 점을 응시했다.

"내가 알 게 뭐야."

대꾸를 하든 말든 목소리를 흐느끼듯 이어졌다.

"검을 들기는 매한가지인데 어찌 하나는 이기고, 하나는 지는가?"

어느새 몽견은 혈향이 가득한 전장 한가운데 서 있었다. 안에서 한 마리의 야수가 날뛰고 있었다. 야수는 바로 자신.

얼굴이 지금과 같이 자상으로 뒤덮인 이는 뛰고 기며 적의 목에 칼을 박고, 한 마리 성난 짐승처럼 포효하고 있었다.

"어머나, 끔찍해라."

식은땀을 흘리며 진중한 눈매로 전장의 자신을 응시한다. 베고 물어뜯으며 전장을 지배한다.

처절한 모습이지만 입가는 언제나 웃고 있었다.

항상 웃는다.

사람을 죽여도 웃었고, 고통을 주면서 웃었으며, 황금을 챙기며 웃었다.

어째서 자신이 웃고 있었는지 기억이 나지 않는다. 웃는 게 웃는 게 아니다.

그 사실을 깨달았을 때, 세인들은 자신을 혈전귀견이라는 이름으로 부르고 있었다.

돈을 위해서라면 무엇이든 하는 잔인한 혈귀.

자신의 과거를 하나둘 기억해 가며 몽견이 허공에 대고 물었다.

"검의 무게는 법의 무게와 같은가? 만일 같다면 승패의 무게는 없다는 말인가?"

이미 어둠 속에서 자신이 무공을 익힌다는 사실을 깨달은 몽견이었다.

무슨 이유인지는 모르겠지만 언제나 어둠 속에서 모습을 드러낸 이는 자신에게 뭔가를 묻고 있었다.

그 결과 오랜 시행착오 끝에 한 가지 답을 얻었다.

"만법무량."

검 조각의 한 면에 적힌 의미를 이제야 깨닫기 시작한 것이다.

답을 얻기까지 몽견은 많은 노력을 했다. 책자에 적힌 무공을 되살렸는데, 마치 몸에 맞는 것처럼 익숙했다.

현실에서는 몸이 불편했지만, 어둠의 세계에서는 마음껏 무공을 펼칠 수 있었다.

그 결과, 어둠 속의 남자가 내미는 검격을 모두 막아 내고 반격할 수 있게 되었다. 이 년여 만에 얻은 쾌거였다.

이제 남은 것은.

"불이검."

스르르.

어느새 그가 검결지를 쥐고 있었다.

처음에 자신을 절망에 빠지게 한 그 검격이다.

완벽. 극의. 만벽에 이른 절대의 검도.

마주한 것만으로 손에 핏줄이 서고 전신이 경련하기 시작했다.

마음을 다잡으려 했지만 늦었다.

'안 돼. 이대로는 또다시 지고 만다.'

숨이 턱 막히고 땀이 비 오듯 흘렀다.

남자가 손을 치켜들자 광활한 어둠이 이지러지며 거대한 검을 만들어 냈다.

태산마저 허물 기세의 검은 끝도 없이 거대하여 마주할 엄두조차 나지 않는다.

패배감이 엄습하자 필사적으로 몽견은 같은 기수식과 검로를 취하며 같은 속도로 검을 뻗기 위해 안간힘을 써야 했다.

그러나 두려울 정도로 완벽한 검은 자신과는 너무 차이가 컸다.

검을 쥔 손가락의 간격도, 검로의 매끄러움도, 심지어 기세마저 더하고 뺄 것 없이 완벽했다.

패해도 웃으며 수긍할 수 있을 정도로 완벽한 검이 바로 이런 것일까?

차마 흉내조차 낼 수 없을 정도로 극의에 이른 검.

"크으으윽!"

앙다문 입술을 비집고 신음이 흘러나왔다. 동시에 태산과도 같은 검이 움직였다.

단순한 태산압정의 초식에 하늘이 통째로 무너지는 압박감이 몰려왔다.

절망 속에서 몽견이 비명을 질렀다.

"으아아아악!"

어둠의 검이 정수리를 관통하자 세상이 하얗게 백열하기 시작했다.

잠시 후, 정신을 차린 몽견이 씹어 뱉듯 투덜댔다.

"제길, 또 패했군."

일 년 전부터 계속되는 의문의 남자와의 결투.

꿈속의 결투인 주제에 너무나도 현실감이 생생했다. 당장에라도 사내가 나타나 자신을 향해 검을 내리칠 것만 같아 등골의 소름이 가라앉지 않았다.

"불이검이라, 아직은 내게 먼 경지인가?"

자조 섞인 웃음을 지었지만, 고통에 겨운 감정은 없었다.

'완벽한 검. 도무지 이길 수가 없어. 이기면 뭔가 기억이 떠오를 것도 같은데.'

호승심과는 다른 이유에서 몽견이 이기고 싶은 이유였다.

"언제고 넘어설 날이 오겠지."

아쉬움을 접은 몽견은 침상에 올라 가부좌를 틀었다.

작은 책에서 얻은 열 개의 신공절학을 익힌 지 반년이 넘었고, 꿈속에서 얻은 느낌을 바탕으로 해 몸이 기억하는 방식을 앞세워 끊임없이 전신을 자극했다.

덕분에 만신창이가 되었던 몸은 어느 정도 복구가 되었다.

기혈과 단전은 회복하지 못했지만, 내단을 단전으로 활용했던 것이다.

암호를 해독하다가 발견한 심법을 처음 운기하던 날 감지한 단전에는 정말이지 막대한 기운이 응축되어 있었다.

영약을 네 개나 꿀꺽하고 처리를 하지 못해 뭉쳐 두었던 기운은 망가진 혈맥을 복구하고, 전신의 내상을 치유하는 데 주요했다.

거산역패서의 구결에 따라 새로 기혈을 확장하고 나니, 그럭저럭 내공을 운용할 여력이 생겨 이제는 힘겹게나마 진기도인도 가능해졌다.

경악할 정도로 무지막지한 양의 내공을 전부 활용하지 못하는 것이 아쉬웠지만, 눈코 뜰 새 없이 일을 하고도 피로를 느끼지 못하는 것만으로도 몽견은 만족했다.

"일을 나갈 시간이군."

남들이면 곤히 잘 시각이지만, 몽견은 옷을 갈아입고, 마구간으로 갈 채비를 끝마쳤다.

막 문턱을 넘으려다가 머리를 톡톡 치며 되돌아와 침상 위에 아무렇게나 놓인 검 조각을 쥐었다.

"참, 이놈을 가지고 가야지."

소중하게 품에 구겨 넣으며 몽견이 고개를 갸웃거렸다.

"보면 볼수록 신비한 쇳조각이란 말이야."

손안에서 조용히 진동하는 반쪽짜리 검날을 보며 몽견이 묘한 표정을 지었다.

* * *

밖에 나가 보니, 오늘은 평소보다 말이 많았다. 마구간지기에게 물어보니 뚱한 대꾸가 돌아왔다.

"귀한 손님이 오실 예정인가 보다. 아예 가르쳐 주지도 않고 잘 접대하라는 것을 보면 안찰사 대인보다 더욱 높으신 분일 게야."

"하하하! 설마 황제라도 오는 것은 아니겠죠."

"황제가 미쳤다고 이런 데 오겠느냐? 그래도 고작 자리를 알아보는 정도로 찾아온 무사들만 서른 명이야. 전부 말을 끌고 온 탓에 진시(辰時)까지 일을 끝마칠 수 있을까 걱정이구나."

팔을 걷어붙이며 몽견이 나섰다.

"까짓것 해야지요. 대신 부역장님께 말씀 좀 잘해 주십시오."

"걱정 마라. 아예 두둑이 얹어 일당을 챙겨 달라고 해 주마."

열심히 움직이며 말을 씻기고 오물을 걷어 내던 몽견이 잠깐 머리를 긁적였다.

"가만, 올해가 몇 해더라?"

셈을 해 보니, 상천신공이 자연스레 전개되며 연도와 함께 주목할 만한 사건들이 연이어 뒤따라 나온다. 그중, 섬뜩한 한 문장을 떠올리며 몽견이 화들짝 놀랐다.

"이 황자의 암살?"

무한에 들른 차기 황태자가 암살을 당하고, 이후에는 황궁에 피바람이 불어닥친다느니 뭐니 하는 이야기가 줄을 이었다.

봇물처럼 터져 나오는 기억을 멍하니 떠올리던 몽견이 픽 하고 마른 웃음을 지었다.

"어이가 없네. 내가 무슨 예언가도 아니고……."

고개를 흔들어 쓸데없는 생각을 털어 버리곤, 몽견이 빗자루에 힘을 주었다.

"무인은 무슨. 아마 난 과거에 소설가였을 거야, 소설가."

혼잣말을 중얼거리며 열심히 몽견이 손을 놀렸다.

十. 절음곡의 악사

"무한은 오랜만이군."

멀리 보이는 무한 성벽을 바라보며 장년의 남자가 회한 어린 한숨을 뱉어 내고 있었다.

말상의 긴 얼굴이지만, 턱에 자리한 가지런한 수염과 고아한 눈매는 명경지수와 같아서 기묘한 매력을 뿜어냈다.

악사답지 않게 탄탄한 몸매는 지극히 그를 사내답게 보이게 했다.

육 년 만에 수련을 마치고 나온 기부경은 어깨를 으쓱였다.

다부진 어깨너머로 검은 천에 감싸인 금을 돌아보며 피식 미소 지었다.

"마금(魔琴)을 정복했지. 하하하! 이제야 이 까탈스런 녀석을 다룰 수 있게 되었구나."

오랜만의 외출에 어깨에 걸린 무게는 더없이 듬직하다.

절음곡은 음악을 추종하는 악사들이 만든 문파로, 아름다운 음율도 유명하지만 강호에서는 음공으로 더욱 유명했다.

마금은 수백 악사들이 채 엄두도 내지 못할 정도로 기물이었다.

절음곡의 독문비기를 이용해야만 손을 댈 수가 있으니, 마금을 정복했다는 뜻은 후대의 곡주로 내정이 되었다는 바와 진배가 없기도 하다.

수련은 고되었다.

이백여 마곡을 익혀야 하며, 능숙한 기교와 연주는 기본에 정묘한 내공의 수련 또한 익혀야 했기에 지옥이 따로 없었다.

"이제는 음악으로는 누구에게도 지지 않는다."

눈매를 매섭게 하며 사내가 너른 하늘을 올려보았다.

혜성처럼 나타나 자신을 패퇴시킨 기인(奇人).

돌이켜 생각해 보면 처절한 패배를 발판으로 더욱 성장을 할 수 있었으니 기연이라 불러도 부족하지 않을지도.

"후…… 옛날이야기는 접어 두자. 일부터 처리해야 하니까."

상념을 갈무리한 기부경은 무한의 유명한 객잔을 떠올렸다.

육 년 만의 외출이니 이왕이면 좋은 청중들과 장소를 물색해 둘 필요가 있었다.

* * *

흑사방이 위세를 떨치며 장사는 물론이고, 북쪽 동정호 근방까지 접수하자 하오문과 암흑상가는 난리가 났다.

동정호는 무림맹과 사마맹의 경계로 물자가 풍부하여 교류도 빈번할 뿐만 아니라, 절경이 아름다워 재산가나 권력가들이 빈번하게 드나들고 유흥가가 발달하여 손꼽히는 자금처였다.

특히 암흑상가는 대규모 암시장을 주기적으로 열어 막대한 거금을 벌어들이고 있었는데 모조리 흑사방에 넘어갈 기미가 보이니 난리가 날 수밖에.

한때 구파일방에 들었던 형산파마저 동정호를 둘러싼 상권 싸움에서 패하고 몰락의 길을 걸었을 정도로 이권이 난립하고 음지의 싸움이 빈번한 악양을, 흑사방은 무차별적인 공격과 끝을 알 수 없는 무력으로 정리를 하고 있었다.

고수가 없다고 안심하던 여타 세력들은 흑사방의 저력에 경악하며 당장에 발등에 떨어진 불을 끄겠다고 뒤늦게 부랴부랴 대책을 세우는 중이었다.

이런 실정이니 암흑상가와 하오문은 전에 없이 커다란 금전적 위기에 봉착했다.

바닥에 머리를 박고 벌벌 떠는 장사 지부 하오문도들이 가져온 소식은 그야말로 소안위의 입을 딱 벌어지게 했다.

"뒤를 봐주던 암흑상가 지부 일곱 곳이 박살이 났습니다."

"독한 놈들입니다. 기르던 개까지 몽땅 훔쳐 갔습니다."

"시체의 품을 뒤져 철전까지 털어 갔습니다. 장사 지부는 완전히 망했습니다."

개파를 한 지 반년도 채 되지 않은 흑사방에게 하루아침에 망해 버린 장사 지부 문도들이 꺼이꺼이 울며 고하자 그야말로 마른하늘의 날벼락이 따로 없었다.

"흑사방이 악양 지부를 하루아침에 말아먹을 정도로 강했나요?"

"귀신같이 강합니다. 이번에는 철저히 대비하여 암흑상가와 함께 맞서 싸웠지만 한순간에 박살이 났습니다. 장사의 혈사도 그들의 소행이 분명합니다."

"지부장은요? 지부장님은 어떻게 되었죠?"

이권이 난립하는 장사의 특성상, 장사의 책임자는 냉혈마객이라는 명호로 유명한 고수다.

절정에 이르러 악양에서 손꼽히는 고수라 얼마간은 막아주리라 생각했는데, 돌아오는 대답은 참담했다.

"함께 오시긴 오셨는데, 머리만 왔습니다. 몸이 아예 곤죽이 되어 놔서……."

"……."

'머리만이라도 들어오시라고 할까요?' 하고 진중하게 묻는 하오문도를 침묵시키며 소안위가 미간에 힘을 줬다.

'냉혈마객이라면 나와 평수를 이루는 대단한 고수지. 흑사방의 힘이 악마적이구나. 누가 그들이 몸집만 크고 고수가 없는 사상누각이라고 했는가.'

말을 한 사람이 눈앞에 있다면 당장에 걷어차고 싶을 정도로 소안위는 분노했다.

과대평가해서 대응한 줄 알았거늘, 과소평가였다니 기가

찰 노릇이다.

"관에서는 뭐라고 하던가요?"

"장물아비들의 다툼에 끼어들기 싫다는 반응입니다. 관부에서는 아예 암흑가 강호인들의 다툼으로 규정 짓고 손을 놓았습니다."

"으윽, 본 문에서 악양 관부에 바친 금액이 얼만데."

"흑사방이 암흑상가에서 빼돌린 장물을 관부에 뿌렸습니다. 이제 장사의 관아는 흑사방의 하수인이라 칭해도 부족하지 않습니다."

"상황이 심각하군요. 단순히 무력만 강한 것이 아니라, 관부마저 단숨에 구워삶을 정도로 수완도 좋아요. 무림맹과 사마맹이 손도 못 댈 처지니 정말 무서운 적이에요."

장사 지부의 일도 놀라웠지만, 악양의 일은 정말 위급했다. 무엇보다 악양과 무한은 강으로 연결되어 다음 목표가 될지도 모르는 위험천만한 상황 아닌가.

말없이 지켜보던 대모가 다급할 정도로 돌아가는 상황이 좋지 않았다.

"당장 총단에 다시 사람을 보내 고수들을 부르세요. 한시가 위급한 실정이니 지체해서는 안 돼요."

"알겠습니다, 지부장님."

대안을 생각하느라 정신이 없는데 밖에서 문도 하나가 헐레벌떡 달려왔다.

다급한 기색에 짜증이 솟구쳤지만, 문도는 들어오자마자

머리를 팍 숙이더니 숨도 제대로 쉬지 않고 말했다.

"지부장님, 잠시 나와 보십시오."

"무슨 일이지요?"

"기이한 악사가 방문했습니다. 스스로를 절음곡의 악사라 밝히면서 지부장님을 찾았습니다."

기다렸던 소식에 안색이 밝아진 소안위가 소매를 떨치며 일어났다.

암흑상가의 다섯 주인 중 하나. 절음곡의 고인이 왔다면 응당 환대를 해야 하는 법이다.

한창 시끄러울 시간의 화정루는 침묵에 잠겨 있었다.

오 층 난간에서 작은 무대에 앉아 한 사내가 금을 타고 있는데, 투박한 손가락이 금줄을 튕기자 아름다운 소리가 객잔 안에 가득 찼다.

가히 천상의 음률이 따로 없어 사람들은, 기녀고 손님이고 할 것 없이 입을 다물지 못했다.

"정말 아름다운 곡조로군. 이토록 심금을 울리는 소리는 처음이야."

"애절하면서도, 패기가 느껴지고, 슬픔과 행복이 공존하니 대가 중의 대가의 솜씨다."

"황궁에서 열린 연회에서도 이 정도는 아니었어."

손님과 기녀 할 것 없이 음에 열중하는 가운데 금음은 면밀히 이어져 가고 있었다.

막 안으로 들어오던 소안위는 안색이 대번에 바뀌었다.

'실로 절정에 이른 음공이다. 마음을 음에 싣는 경지라니, 대단한 고수가 왔구나.'

음은 끊어질 듯하면서도 면밀히 이어졌는데, 음의 고저에 따라 마음이 격동을 했다.

단순히 연주를 하는 지금은 모르지만, 전장에서 마주했다면 당장에 기혈을 뒤흔들며 음으로 사람을 상하게 할 절정에 이른 수법이다.

잠시만 마음을 놓아도 정신을 비집고 들어오는 음률에 대경하며 소안위가 머리를 굴렸다.

'이토록 대단한 음공을 시전하는 이가 이름이 알려지지 않았을 리가 없지. 누구일까?'

아련하게 이어지던 곡이 멈췄다.

음악이 멈췄지만 아무도 입을 여는 이가 없었다.

그만큼 음률이 대단했던 탓이다.

한참이 지나서야 한 부호가 박수를 치기 시작했다.

"하하하! 정말 대단하군. 평생 처음 듣는 음이야!"

"정말 아름다운 곡이었소."

환호하는 사람들 가운데서 포권을 해 보인 악사는 천천히 금을 거두고 단에서 내려와 소안위에게 다가왔다.

그제야 음의 환희에서 벗어난 소안위가 급히 포권을 했다.

"쉽게 보기 힘든 고인을 뵙습니다. 소안위라고 합니다."

"기부경이라고 합니다. 소 지부장님을 뵈어 영광입니다."

포권을 취하려던 소안위의 안색이 놀람으로 물들었다.

"기부경? 천음수재(千音秀才) 기부경?"

"하하. 소생의 이름을 아직 기억하시는 분이 있다니 쑥스러운 일이군요."

예상도 못 한 거물의 등장에 소안위는 입을 딱 벌어졌다.

천음수재 기부경의 이름은 적수를 찾기 힘들 정도였다.

음과 작곡에 재주가 빼어나 채 열 살이 되기 전에 천하를 감동시킨 명곡들을 만들어 냈고, 약관에는 황궁의 악사들마저 배움을 구할 만큼 명성을 얻었으며, 절음곡에 들어간 이후로는 재능을 바탕으로 기예를 더욱 발전시킨 대가 중의 대가.

당금 신비 문파의 하나로 꼽히는 절음곡의 차기 곡주라 불리는 인물이니 소안위로서는 감히 쉽게 얼굴을 마주할 수도 없는 사람이었다.

음악은 물론이고 천음수재의 음공 또한 무섭다.

항주의 객잔에서 여인을 희롱하는 악명이 높은 마두 열두 명을 앉은 자리에서 다섯 번의 탄금으로 굴복시킨 일화는 유명했다.

생각보다 훨씬 대단한 인사가 파견되자 소안위는 마음이 놓였다.

'천음수재라니, 절음곡이 흑사방의 일에 얼마나 관심을 기울이는지 알 수 있겠다.'

명성으로도 무공으로도 감히 비할 바 없는 고수이니, 더욱 공손해진 태도로 소안위가 읍을 하며 허리를 굽혔다.

"여기서 이럴 것이 아니라 안으로 들어가시지요. 자리를 준비해 두었습니다."

최악의 상황에 든든한 원군이 왔으니, 그녀로서는 애걸복걸해서도 붙들어야 할 처지였다.

스승에게서 언질을 받은 바 있는 기부경 또한 순순히 응하며 그녀의 안내를 받았다.

그리고 그때, 근처를 지나가던 몽견이 고개를 번쩍 치켜들었다.

귓바퀴를 쫑긋거리는 꼴이 고양이를 발견한 어미 쥐 같은 꼴이다.

"이상하다. 익숙한 음이 들렸어."

귓구멍을 휘휘 파며 몽견이 중얼거리는데, 등 뒤에서 뾰족한 음성이 뒤따랐다.

"흥! 익숙하긴 무슨. 어서 빨리 움직이기나 해."

"규화 아가씨, 돈벌이야 좋아하니 어쩔 수 없는 일이지만, 정말 이런 일까지 해야 합니까?"

"당연하지. 일을 하면 힘들어. 힘들면 걸을 수가 없고."

"내원에서 외원이 얼마나 멀다고……."

눈매를 좁히며 투덜거리는 몽견에게 규화가 쏘아붙였다.

"여자에게 운동은 금물이야. 내 가녀리고 연약한 다리가 얼마나 아프겠어."

수레에 걸터앉은 규화가 땅에 닿지 않는 다리를 붕붕 앞뒤로 저으며 반박했다.

뭐, 이렇게까지 이야기한다면 할 말이 없다.

어차피 일도 다 끝났고, 철전 두 냥을 버는 것치고는 힘든 일도 아니니까. 다만, 무공을 익힌 주제에 다리가 아프다고 칭얼대니 뭐라 할 말이 없다.

향하는 장소도 마음에 들지 않는다.

"쳇! 내원에는 들어가고 싶지 않은데."

"흥, 별꼴이야. 너 같은 흉측한 놈은 평생 볼 일이 없어. 보통 남자라면 내원 담을 넘는 게 꿈인 사람도 있다고. 감지덕지해야지, 웬 불평이 이렇게 많아? 남자가 쪼잔하게.

쪼잔하다라…….

뭐랄까. 귀에 익숙한 말이지만 묘하게 신경을 자극하는 단어다.

이상하게 금남의 구역이라든지, 여자들만의 세상이라든지, 여인 천하라든지 하는 말이 들려오면 등골에서 식은땀이 흐른다.

뼈다귀를 흔들면 개가 꼬리를 치며 달려오는 것처럼 뭐랄까, 지극히 자연 친화적이고 본능적인 반응이 따라온다.

기분은 떨떠름하지만 다시 생각하면 좋은 구석도 보인다.

"흐응, 생각해 보면 난 나쁜 놈은 아니었을 거야. 색마는 절대 아니었을 테니까."

색마였다면 분명히 침을 흘리며 좋아했을 테니까.

혈전귀견이라든가, 천지십마라든가, 혈귀라든가, 살인마라든가 끔찍한 명호가 가득했던 미래형 일기와는 다른 밝은 결과가 도출되지 않는가 말이다.

헤헤거리며 안도하는 몽견의 귓가로 규화가 뾰족하게 외치며 등짝을 걷어찼다.

"어서 빨리 가란 말이야, 빨리!"

"예, 예."

어쩐지 여자의 목소리에 자연스레 몸이 반응하는 묘한 노예근성을 느끼며 열심히 몽견이 마차를 몰았다.

* * *

대단한 떠돌이 악사가 출몰했다는 소식이 무한에 돌았다.

악사는 화정루에 머물렀는데, 밤마다 기루의 객잔에서 금을 뜯고 통소를 불었다.

"들었나? 화정루의 악사가 가히 천상의 음을 낸다는군."

"조 대인이 지나가던 길에 음에 반해 매일같이 화정루를 들르게 되었다는군."

"대단하긴 대단한가 봐. 성에서 제법 실력 좋다고 거들먹거리던 악사들이 찾아가서 한 수라도 배워 볼까 안달이 났다던데?"

천하에 짝을 찾기 힘든 대단한 악사의 소문은 멀리멀리 퍼져 화정루는 하루가 멀다 하고 손님들이 줄을 이었다. 하룻밤 회포를 풀기 위해 들르는 사람들도 있었지만, 대부분은 단순히 술을 마시며 음을 듣기 위해 오는 이가 더욱 많았다.

이렇게 되자 화정루는 때 아닌 성수기를 맞았다.

보통 오가는 상인이나, 풍류객들이 주요 고객이었는데, 학사나 관부의 지체 높은 이들이 액수를 무시하고 돈을 뿌려 대니, 당장에는 강호의 일은커녕 코앞에 벌어진 사업에 매달리느라 정신이 없게 되었다.

처음에는 음만 들으러 오던 이들도, 동호가 내려다보이는 화정루에 단골이 되어 자주 드나들기 시작했는데, 덕분에 흑사방을 상대할 작정으로 기부경을 불렀던 소안위는 여기저기 불려 다니느라 치맛단 실밥이 터질 정도였다.

당장에 손이 모자라자 사람도 뽑고, 기녀도 구하느라 정말이지 눈물 나게 바쁜 시일을 보내야 했다.

어쨌거나 화정루는 한동안 사람들의 발길이 멈출 줄을 몰랐다.

* * *

제사는 성황리에 끝났다.

수백 불가의 고승들과 도문의 도사들을 불러 황제의 쾌차를 빌었는데, 실로 장엄하기 그지없는 장관이었다. 제사를 주관했던 이 황지의 위상은 이제 횡대자라 불러도 부족함이 없을 정도로 높아졌다.

며칠 전에 날아든 소식 또한 나쁘지 않았다.

제사가 끝나기가 무섭게 황제가 자리를 털고 일어났다니, 이 황자의 기원이 통한 모양이라 당장에 문무백관들이 황태자로 옹립하자는 목소리를 높이고 있다는 희소식마저 들려왔다.

처음에는 경계를 늦추지 않던 구문제독도 가슴을 쓸어내렸다.

"생각보다 일이 잘 끝났습니다. 이제 돌아가는 길만 조심하면 되겠군요."

"흐음……."

안도한 구문제독과는 달리 이 황자의 표정은 참으로 근심이 가득했다.

"제독, 어떻게 해야 악 소저의 마음을 얻을 수 있을까?"

부친이 완쾌했다는 소식에 안도한 이후 이 황자의 관심은 단연 악서린에게 쏠렸다.

궁녀들이야 황제의 소유물이며, 어렸을 적부터 살벌한 권력쟁투의 중심에 서서 대면하는 족속들이라고는 환관들뿐이었으니, 여자관계에 서투를 수밖에 없다.

처음에는 지고한 직위를 이용해서 함께 여행하며 환심을 사려고 했는데 실패했다.

조금 마음이 급해져, 가까이 다가갔더니 이게 웬걸? 그녀가 길바닥에 얼쩡거리는 광견을 본 모양으로 후다닥 멀어지는 게 아닌가.

처음에는 그저 웃어넘겼다. 자신은 황태자에 대인배니까.

"구중심처의 여식다워. 역시 도도한 여인이 아름답지. 하하하."

제법 호탕하게 넘겼는데, 최근 들어 더욱 쌀쌀맞게 대하는 악서린을 보자 이게 아닌 것이다.

이 황자도 남자다. 할 때는 하는 남자다.

이제는 상사병까지 앓는 남자가 되었다.

여자에 초탈한 대인배가 그녀의 손짓 하나에 전전긍긍하는 소인배가 되었다.

"하하하. 여자는 고양이 같지요. 관심을 거두면 오히려 다가오는 존재입니다."

내심 아내를 쥐고 산다고 단단히 착각하는 구문제독이 어딘가의 거지와 같은 의견을 내놓았다. 듣기에 그럴싸한지라 이 황자가 무릎을 치며 고마워했다.

"역시 제독은 똑똑하군. 한번 힘써 봐야겠어."

이틀 후, 구문제독은 이 황자가 화내는 모습을 처음 봤다. 버럭 화를 내는 모습에 깜짝 놀라 연유를 묻자 골이 난 이 황자가 대꾸했다.

"관심을 거두니, 아예 멀리서 오지도 않는군. 어찌할 노릇인가!"

역시나 이 황자는 어딘가의 공처가 후보생과 같은 꼴을 당한 모양이었다.

마음고생이 심했는지 두 눈 아래에는 시커먼 기미까지 끼어 있었다.

당장에 사달이 날 지경이라 이런 저런 방법을 권했던 구문제독은 다섯째 날, 이 황자가 혹시 험한 사람이 아닐까 의문을 가지게 되었고, 일곱째 날에는 역사에 길이 남을 폭군이 되지 않을까 심각하게 걱정을 하게 되었다.

그만큼 뒤늦게 찾아온 사랑의 열병은 심각했다. 정말이지 사랑에 실패한 이 황자는 미친개처럼 광분했다.

그래도 명색이 모사를 꿈꾸는 구문제독은 팔 일째 되는 날 한 번 더 묘책을 꺼내 놓았다.

“마침 근처에 유명한 식당이 있습니다. 먹이, 아니, 근사한 식사로 꾀어내는 것이 어떻겠습니까?”

한심한 듯 빤히 쳐다보던 이 황자가 한마디 했다.

“구문제독.”

“예?”

“닥치시오.”

“……예.”

더 이상 이 황자는 연애에 대해서 구문제독에게 묻지 않았다.

매일 만나는 주제에 상사병이라니 세인들이 웃을 일이지만 당사자는 심각하다. 볼 때는 안타까워 끙끙거리고, 못 볼 때는 상사병에 끙끙거리고 정말이지 못할 짓이다.

황궁에 가까워질수록 위기감에 몰린 이 황자의 얼굴은 아예 반쪽이 되어 있었다.

“이러다가 황궁에 돌아가면 악 소저를 보기도 힘들지.”

결국, 결단의 시간이 도래했다.

"이이제이. 여심은 여심으로 제압한다."

저도 모를 소리를 중얼거리며 이 황자가 화양군주를 찾았다.

"뭐어? 어떻게 해야 언니의 마음을 얻을 수 있냐고?"

"같은 여자끼리는 통하는 게 있지 않겠니? 부디 이 불쌍한 오라버니를 도와줘라."

불쌍하기는 무슨. 자신의 애걸복걸을 무시하고, 악서린에게 넘어간 시점에서 이 황자는 인간 말종으로 취급되고 있었다. 더군다나 황실의 대통을 이어받을 사람이 불쌍하다면 천하에 불쌍한 사람 천지일 것이다.

곱지 않은 시선을 보내오는 화양군주에게 이 황자가 절박하게 부탁했다.

"도와다오. 이번에 황궁에 돌아가면 얼굴도 보기 힘들다. 시간이 없어."

"차라리 돌아가는 대로 악 언니에게 매파를 보내지 그래요?"

"아니야, 나는 정당하게 남자로서 인정받고 싶다. 마음이 없이는 그녀를 얻어도 즐겁지 않다."

아주 시를 쓰는 혈육을 보며 화양군주는 어이가 없었다.

하지만, 잠시 생각하니 딱하기도 하다.

악서린이 연모하는 사람에 대한 이야기를 간뜩 들은 화양군주는 이 황자의 바람이 얼마나 허황된 일인지를 잘 알았다.

'오라버니, 헛물켜게 생겼네.'

하는 짓은 한숨 나오지만 혈육이니 어쩔 수 있나.

화양군주가 정직하게 대답했다.

"안타깝지만 나도 잘 몰라요. 언제 궁 밖으로 나간 적이 있어야지."

"그러지 말고 한 번만 도와줘라."

"몰라요. 내가 애초에 남녀 관계에 대해서 알 리가 없잖아요? 내시랑 연애할 수도 없는 일이고."

"나도 내시와는 연애 안 한다."

"말이 그렇다는 거지요. 그냥 알아서 잘해 봐요, 이 황자 전하."

도무지 도움을 줄 기미가 보이지 않자 결국 이 황자가 무리수를 두었다.

"악 소저의 마음을 얻기만 하면 네 부탁을 모두 들어주마."

화양군주의 귀가 쫑긋거렸다.

"정말요?"

"물론이다. 악 소저를 얻으면 모두 네 덕이지. 동생에게라도 은혜를 입었으면 갚아야지. 나는 그렇게 철면피가 아니다."

"흐응, 생각해 보니 알 것도 같고……."

바위 위에서 말라 가는 갯지렁이처럼 건조하던 그녀의 두 눈이 십일 년 만에 비를 구경한 농부의 눈처럼 생기가 돌았다.

하지만 마음이 앞섰다.

이 황자가 남녀 관계를 모르는 만큼 화양군주도 이쪽으로는 소질이 없었다.

흔한 연애 소설 하나 구경도 못 했던 게 그녀였다. 남자들을 경계한다며 내시들만 출입할 수 있게 통제한 탓에 대면한 남자라고는 오라버니를 빼고 손에 꼽는다.

'생각하니까 갑자기 열이 받네?'

당장에 부탁이고 뭐고 무시하고 싶었지만 화양군주는 오랜만에 나온 외유가 조금 더 길어지면 좋겠다고 생각했다. 가고 싶은 명소라든가 하고 싶은 일도 잔뜩 있으니 말이다.

이런 기회는 흔치 않았다.

그래, 천재일우의 기회를 버릴 수는 없지.

냉정한 계산 아래 이 황자의 애절한 마음은 변질된 방향으로 이용되기 시작했다.

흠흠. 입에 주먹을 가져다 대고 귀엽게 목소리를 가다듬은 화양군주가 얼마 전에 주워들은 이야기를 꺼냈다.

"여자는 말이에요. 분위기에 약해요. 보석에도 약하고, 특히 술에 약하죠."

지극히 주관적인 대답이었지만, 이 황자는 귀가 번쩍 트였다.

붓과 종이라도 있으면 당장에 적을 기세였다.

"보석에 분위기라, 어쩐지 까마귀가 생각나는……."

"오빠는 닥치고 제 말을 들으면 돼요. 보통의 흔한 보석으로는 안 돼요. 아주 크고 반짝거리는 고가의 보석이 좋지요."
"흐음, 그렇군."
이 황자가 턱을 괴었다.
하긴 궁녀들이 돈이 생기면 사 대는 게 노리개며 보석 아닌가.
돈도 차고 넘치니 문제가 되지 않아 걱정 없다. 애초에 황궁에 널리고 널린 게 금은보화니까.
다음은 뭐지? 라는 시선으로 반짝거리며 물어오는 이 황자를 보며 화양군주가 잠시 말을 참았다.
단 한마디에 여자의 습성에 대한 지식이 바닥난 탓이었다.
맹렬히 다음 말을 떠올리자 일전에 궁녀에게 들은 말이 생각났다.
"다음은 분위기! 여자는 분위기에 약해요. 분위기 좋고 술까지 있으면 더욱 약해지죠. 분위기와 술, 보석, 세 가지면 끝난 거예요."
"흐음, 그렇군. 역시 여인의 마음은 여자에게 물어야 해. 그래도, 생각보다 어렵지는 않군."
"무슨 소리예요? 기본은 문무를 겸비하고, 집안 좋고, 배경 좋고, 능력 있는 사람인데 오라버니는 모두 가지고 부족한 것이 없으니 쉽게 느껴지는 거죠."
"하하하. 하긴, 내가 좀 잘났지."
"이왕이면 분위기는 좋은 풍광 아래 꽃피는 법이잖아요? 어때요?"

"뭐가 말이냐?"

"무한의 동호가 그렇게 예쁘다던데 돌아가는 길에 들르면 딱 좋지 않을까요?"

전부터 무한의 동호는 삼대 호수로 유명하다.

무엇보다 연인들의 성지와 같은 곳이 아닌가.

지금이면 도화가 만발했을 테니 금상첨화였다.

잠시 악서린과 단둘이서 꽃배를 띄우고 노는 상상을 한 이 황자가 고개를 슬쩍 돌리며 흘리듯 대꾸했다. 아마도 헤벌쭉 웃고 있는 듯하다.

"……뭐, 딱히 가고 싶지는 않지만 들르는 것도 나쁘지 않지. 안 그래도 아버님의 쾌유 소식에 연회를 열며 축하해야 한다는 말도 있었고 무한에서 사람들을 다독이는 것도 좋으니까."

"두 사람이 잘되면 약속 잊지 않기예요?"

"물론이다. 전부 네 덕이지. 보석, 분위기, 술이라. 이제 장가가는 일만 남았구나. 하하하!"

이 황자는 뭔가 단단히 착각하고 있었다.

* * *

악서린은 기분이 좋지 못했다. 오랜만의 여행에 들떠 있는데 이 황자가 치근덕대는 통에 제대로 구경도 못 한 탓이었다. 불쾌하기까지 했다.

구중심처의 여인인 이상 한 남자를 마음에 두고 절대로 다른 마음을 먹지 않겠다는 사고를 가진 그녀는, 이 황자는 물론이고 황제가 치근거려도 당장에 내뺄 준비가 되어 있었다.

'아이, 참. 이럴 때 진 공자께서 곁에 계셨다면 지켜 주셨을 텐데.'

떠나 버린 진백천이 야속했지만 그리움은 담아 두는 법이라고 배운 그녀는 꾹꾹 추억을 눌러 담아 마음 한편에 잘 쟁여 두었다.

문종문을 나가는 즉시 추억을 머릿속에서 삭제해 버린 진백천과는 상반되는 모습이었다.

"휴우, 심란하구나. 진 공자, 어서 돌아와요."

화려한 마차 안에서 흘러가는 절경을 구경하며 잠시 진백천 생각을 하고 있는데, 화양군주가 벌컥 문을 열고 들어와 엉덩이를 붙여 왔다.

고개를 갸웃거리자 버릇없는 강아지 같은 초승달 눈매를 하며 화양군주가 물어 왔다.

"언니는 무한에 가고 싶은 생각 없어요?"

"무한?"

"예, 무한에 매화가 한창이래요. 유명하잖아요. 무한의 동호에 흐드러진 매화와 도화는요."

꽃구경이라…… 나쁘진 않지만, 이 황자가 껄떡대면 뭘 해도 기분이 나쁠 거였다.

그녀는 정중히 거절할 셈으로 이런저런 이유를 가져다 붙여 대답했다.

"황제 폐하의 쾌차를 빌고 돌아오는 길이야. 꽃구경 따위를 할 여유가 없단다."

"에이, 꽉 막히기는. 완쾌하셔서 황궁에서는 축하 연회가 한창이래요. 제사가 영험했던 덕이라며 문무백관들도 가는 길에 연회를 열기를 원하고."

"그래도……."

"무한에는 토호들의 힘이 세지요. 안 그래도 한번 들러서 세도가들을 다독일 계획이었어요. 이왕 무한에 들렀으니 동호를 구경하지 않을 수 없잖아요."

듣고 보니 그런지라 악서린이 저도 모르게 고개를 끄덕였다.

기회를 잡은 화양군주가 재빨리 되물었다.

"언니도 나쁘지 가겠다는 뜻이지요? 잘됐다!"

'어라?' 하는 사이에 이 황자 일행의 무한 방문 겸 연회가 결정지어졌다.

사실, 이미 모든 건 결정되어 있었고, 악서린은 밥숟가락만 들고 가면 되는 일이었다.

* * *

이 황자가 행차한다는 소식에 호북도지사가 펄떡 뛰었다.

"이 황자님께서 이곳으로 오신다고?"

"그렇습니다. 환궁하는 길에 무한을 잠시 들르신다고 합니다."

"흐음, 이 황자 저하께서 제를 드린 덕분에 황상 폐하께서 쾌차하셨다는 말은 들었지."

"이제 황태자로 등극하실 일만 남았지요. 이참에 잘 보이신다면 내년 중양절은 황도에서 보내게 될지 누가 압니까?"

아부인 줄은 알지만, 기분이 좋아 날아갈 것 같은 도지사는 마냥 웃었다.

"내년 이맘때면 문무백관과 함께 황상 폐하를 알현하고 계실 겁니다."

"하하. 사람도 참. 아차, 이럴 것이 아니지. 이참에 좋은 인상을 줄 수 있도록 뭔가 준비를 해야겠어."

"본 무한이라고 하면 동호를 빼놓을 수 없지요. 시서예화에 뛰어나신 분이니, 항주의 서호와 쌍벽을 이루는 동호에 꽃구경을 빼놓을 수 없지 않겠습니까?"

"물론이지. 마침 봄이니 참 볼만하고."

"꽃구경에 미부, 좋은 음악까지 곁들인다면 참 좋을 겁니다. 안찰사 대인께서도 화정루에 다녀가시고 크게 만족하시지 않았습니까? 이번에도 잘 말해 준비하도록 하겠습니다."

"흐음. 그것도 좋지만, 뭔가 밋밋해. 특별한 것이 없을까?"

곰곰이 생각하던 부지사가 일전에 들은 이야기를 했다.

"최근에 화정루에 떠돌이 악사가 머무는 모양입니다. 금을 타는 솜씨가 실로 놀라워 구경꾼들의 발길이 끊이지 않는다니 그를 부른다면 기꺼워하시겠지요."

"떠돌이 악사가 금을 잘 타 봤자 거기서 거기지. 황궁에서 항상 듣는 게 절음절곡일 텐데 만족하실까 모르겠군."

"아닙니다. 격이 다른 악사지요. 기부경이라는 이름을 들어 보셨을 겁니다."

"기부경? 황궁의 악사들이 가르침 하나 받으려고 맨발로 달려 나간다는 그 기부경?"

천음수재 기부경의 이름은 호북도지사도 귀에 딱지가 앉게 들어 봤던 이름이다.

천자문보다 악보를 먼저 보고, 먹을 가는 법을 배우기 전부터 금을 퉁겼다는 희대의 대가이니 악사로서의 이름값은 천하에 비할 이가 없다고 해도 과언이 아니었다.

"하늘이 나를 돕는구나. 당장 화정루에 연통을 넣어 악사를 초빙하고 방을 구해라. 아예 통째로 빌리는 편이 좋겠지."

상당한 거금이 깨지겠지만, 당대에 황태자로 거의 낙점이 된 이 황자의 환심을 살 수 있다면 집안 기둥을 뽑아서라도 접대할 용의가 있었다.

"그리고 말이온데, 뛰어난 미주를 구할 수 있게 되었사온데……."

"미주는 화정루에서도 많지 않은가?"

"그렇긴 하지만, 이번에 구한 술은 남다른 구석이 있습니다."

"남다른 구석?"

"혹시 최근 들어 주신이라고 불리는 호가장의 술에 대해 들어 보셨습니까?"

곰곰이 생각하다가 호가장의 명주를 떠올린 도지사가 고개를 갸웃거렸다.

"호가장의 명주라, 꽤 오래전에 유명했지. 하지만, 지금은 맥이 끊어졌다고 들었는데?"

"저도 호가장이 몰락했다고 들었는데, 자손이 맥을 이었습니다. 술을 담그는 실력이 뛰어나고 요리도 잘한다는 소문이 들려서 알아봤는데, 호가장의 신주가 부활했더군요."

"이봐, 문리. 술은 세월과 함께 익어 가는 거야. 잊었어? 명주를 만드는 누룩은 오로지 명가에서만 만들 수 있는 거야. 아무리 손기술이 좋으면 뭐해? 양조장을 옆집에 옮기기만 해도 맛이 안 나는 것이 술이야."

호북도지사는 애주가다. 동시에 뛰어난 미주가이기도 하다.

술에 해박한 만큼, 깐깐한 안목을 지닌 그는 호가장의 명주가 되살아났다는 말이 쉬이 믿어지지 않았다. 그만큼, 호가장의 명주는 황궁에서도 구하기 힘들 정도로 희소가치가 있던 전설급 술이었다.

성주만큼은 아니지만, 따라다니며 이런저런 미주를 맛본 적이 있는 문리는 이런 반응을 대충 예상했다는 듯 입을 열었다.

“제가 특별이 요청해서 술을 조금 구했습니다. 절대로 안 된다는 것을 끝까지 발악해서 한 병 구해 왔습니다.”

슬슬 품에서 꺼내는 병을 보며 도지사가 입맛을 다셨다.

“호가장의 이름값이면 보통 술보다 맛은 있겠군.”

“성주님께 드리기 위해서 아직 밀봉도 풀지 않았습니다.”

“흐음, 과연 자네는 충신이야. 어디 한번 밀봉을 따 보지?”

문리가 단단히 밀봉된 마개를 찢자 천상의 향이 방 안에 가득 찼다.

코를 벌름거린 도지사가 펄쩍 뛰었다.

“이건 진짜 호가장의 미주잖아?”

“햐, 향이 기가 막히는군요.”

침이 고이는지 냉큼 따라 마신 도지사가 잔을 놓기가 무섭게 다음 잔을 따랐다.

“대, 대단하군. 완벽해. 선대의 맛을 따라잡았어. 아니, 이것은 그보다 더욱 대단해.”

“그 정도입니까?”

문리가 슬슬 눈치를 봤지만, 성주는 나눠 줄 생각은커녕 병을 쥐고 놓을 기미가 안 보인다.

‘내가 얼마나 힘들게 구했는데…….’

침이 고였지만, 말도 못 하고 끙끙대고 있는 문리 앞에서

연거푸 술잔을 비운 도지사가 입맛을 다셨다.
"이건 간에 기별도 안 가는군."
"술을 내놓은 것은 어떻겠습니까?"
"허, 이런 술이 있다면 분명히 이 황자님께서도 좋아하시겠지. 일단 되는대로 구해 오게."
"워낙 귀한 술이라 구하기가 쉽지 않습니다."
"어차피 일생에 한 번 오는 기회다. 창고를 털어서라도 이번 환대에서 좋은 인상을 남겨야 해."
"알겠습니다. 노력해 보겠습니다."

* * *

구파일방이 흑사방의 행동을 좌시하는 사이, 장사와 악양 주변의 중소 문파는 쑥대밭이 되었다.
흑사방이 점점 영역을 확대하여 힘으로 복속시키거나, 재력으로 평정하자, 위기를 느낀 악양과 장사의 나름 힘 있는 문파들 열둘이 회합을 가졌다.
선견지명을 가지고 있어, 끝까지 흑사방에 손을 내밀지 않던 그들은 막판에 몰려 고단한 하루를 보내고 있었다.
"무림맹을 믿고 있다가는 가산이 절단 나겠소."
"정파의 정기가 흔들리는 이때 구파일방은 움직일 생각조차 없군. 세상이 어찌 되려는지."
딱히 이해가 가지 않는 바는 아니었다.

직접 공격을 받은 것도 아니고 자금줄을 틀어막아 재무적으로 압박을 하니 무림의 일이라기보다는 상가의 일이나 마찬가지니까.

문제는 도가와 법가처럼 가르침을 설파하며 세를 유지하는 대부분의 문파들과 달리 무가들은 자금을 얻어 세력을 유지한다는 사실이었다.

"당장 우리들도 자금을 모아 대항해야 합니다."

"흑사방은 생각보다 강하오. 당장에는 사마맹까지 뒤를 봐주니 아무리 힘을 합한다 하더라도 이긴다고 장담할 수가 없소."

마음만 앞서서 지지부진하게 회합이 진행되는 가운데 잠자코 있던 황가장주가 말문을 열었다.

"방법이 없다면 차라리 흑사방과 적대하는 새로운 곳에 의탁을 해 보는 것이 어떻겠소?"

가주들이 금시초문이라는 표정을 지었다.

"흑사방의 세력은 날이 갈수록 기세등등해지는데 도대체 누가 있어 그들을 상대한다는 말이오?"

"어지간한 문파나 상가는 도움이 안 되지."

"적어도 구파일방 정도는 돼야 하지 않겠습니까?"

"칠대세가 중 당가와 천하제일가가 손을 잡았다고 합니다. 제갈세가까지 지원하는 형국이며 검각까지 가세해서 조직적으로 움직이고 있소이다."

"하, 그런 일이 있었소?"

화기애애한 가운데 문득 한 사람이 나섰다.

"하지만, 흑사방은 재력이 막강하오. 당가와 천하제일가의 명성이 대단하지만 가산을 몽땅 털어 일전을 겨룰 심산이 아닌 바에야 그저 반짝하고 말 텐데……."

"하긴, 낭인들을 무지하게 구해 대니 세 가문이 합친다 하더라도 깊이 개입하지 않는다면 우리만 죽어나겠지."

"가문들의 무력은 몰라도 재력이 뒷받침되지 않으면 타격이 크지요."

회의적인 반응에 황 가주가 이번에도 별로 궁리하는 기색 없이 대답을 내놓았다.

"그 점은 걱정하지 않아도 될 것이오. 흑사방과 원수가 된 한 익명의 재력가가 나서서 막대한 황금을 풀어 대고 있다니 원하신다면 그들과 연락을 해 보겠소."

생각지도 못한 희소식에 가주들이 두런대며 호응하기 시작했고, 그렇게 회합은 좋게 끝이 났다.

* * *

안도한 타 가문, 문파의 가주들과는 다르게 황가장주, 그의 안색은 펴지 못했다.

"휴…… 잘하는 짓인지 모르겠군."

솔직히 먼저 나서서 뭇매를 맞고 싶은 생각은 없지만, 당가에 약점을 잡힌 마당이다.

멀리 있는 흑사방보다 가까운 당가가 더 무섭다.

구파일방이 방관하는 가운데, 칠대세가의 세 가문이 발빠르게 규합하며 전쟁을 준비하고 있었다.

한 사람이 일으킨 인연과 인과의 고리가 마침내 빛을 발하는 시점이었다.

十一. 과거와의 조우

"몽견아."

멀리서 규화가 손짓을 하자 몽견이 달려갔다.

언제나 끌고 다니는 수레에는 식재료부터 온갖 잡동사니가 가득했다.

장정 열 명으로도 부족할 만큼의 일을 하는 터라, 몽견이 잡동사니가 가득 쌓인 수레를 끄는 일은 아예 화정루의 일상이 되어 있었다.

"무슨 일입니까?"

다가와 묻는 몽견을 보며 규화가 내심 얼굴을 붉혔다.

최근 들어 뭘 주워 먹었는지 부쩍 훤칠해지고 체구가 떡 벌어지는 몽견 때문에 그녀는 밤새 고민이 많았다. 매일 밤 꿈에도 찾아오는 터라 잠도 제대로 못 잘 정도였다.

아직 새끼 기녀인 규화는 남녀 간의 관계에 대해 잘 알지 못했지만, 따뜻하게 자신을 품어 주는 꿈을 꿀 때면 작은 가슴이 두방망이질 쳐 견딜 수가 없었다.

마치, 오래전 헤어진 오빠를 생각나게 하는 터라 부쩍 몽견을 따르는 그녀였다.

"오늘도 부탁해."

언제나처럼 아침에 일을 나가는 몽견의 수레에 걸터앉아 내원과 외원을 오가는 일이 규화의 일상이 되었다. 냉큼 수레 옆에 오도카니 걸터앉자 익숙하게 몽견이 수레를 몰기 시작한다.

무거운 수레는 소도 눈알이 튀어나올 때까지 악을 쓰며 끌어야 할 만큼 묵직했지만 몽견은 잘만 끌었다.

땀 한 방울조차도 흘리지 않았다.

외원을 가로지르며 몽견이 지나가자 사람들이 알은체를 했다.

"몽견아, 왕가 상점에 가서 물건 좀 가져오너라."

"수당은요?"

"철전 세 개. 평소같이 맡겨 놨다."

"알겠습니다. 사시(巳時)까지 가져다 놓을게요."

익숙하게 일꾼들과 인사를 나누며 수레를 멈추지 않고 용케 움직인다.

잠시 다부진 등을 응시하던 규화가 고개를 갸웃거렸다.

"이렇게 많은 일을 하면 힘들지 않아?"

"글쎄, 구해야 하는 사람이 있어서 힘들지 않습니다."

"만팔이라는 사람 말이구나."

잔뜩 힘이 들어간 두 팔이 꿈틀거리며 몽견이 고개를 모로 틀었다.

"모르겠습니다. 만팔도 구해야 하지만, 뭔가 다른 소중한 무언가가 기억이 나지 않아요."

"소중한 무언가?"

"여동생이 있었던 것 같고, 아닌 것도 같고…… 으음, 하여튼 복잡해요."

미간을 찌푸리며 고민을 하는 투가 역력했지만, 철가면에 가려진 몽견의 얼굴은 보이지 않았다.

한참을 끙끙거리는 몽견을 보며 규화가 말을 붙였다.

"그런데 어째서 나에게는 존댓말을 쓰는 거야?"

전부터 궁금했다.

다른 사람에게는 그냥저냥 반말로 넘어가거나, 대충 얼버무리고 말았다. 아니, 보통은 아예 여자들과 말조차 섞지 않는 몽견이 유독 자신에게만은 공대로 일관하며 살갑게 대하지 않는가.

처음에는 그러려니 했지만, 시일이 지날수록 궁금하기도 하다.

역시나 이번에도 복잡한 대답이 돌아왔다.

"뭐랄까? 작은 여자아이에게는 공대가 편하다고 할까요? 잘 모르겠어요."

"아마도 여동생에게 빌빌 기는 팔불출 오빠였을 거야."

몽견은 자상하니까.

마지막 말은 물론 목구멍으로 나오지 않는다.

"참, 아가씨는 이곳에 어떻게 흘러 들어오게 되었나요?"

"흐응, 잘 몰라. 어렸을 때부터 하오문에서 교육받았으니까. 어렸을 때 가족이 있었던 것 같은데 기억도 잘 나지 않거든."

"새끼 기녀라고 하던데, 기녀가 될 건가요?"

기녀라…… 솔직히 아직 어린 규화는 잘 모르겠다.

기녀들 사이에서 교육을 받고 있지만, 기녀 수업을 딱히 듣는 것도 아니고 그저 어울릴 뿐이고 대신에 후원에서 호흡법이나 손짓 발짓을 배운다.

아직 경험이 적고 아는 바가 없는 규화는 자신이 무공을 배운다는 사실을 몰랐다.

"잘 모르겠어. 왜 묻는 거야?"

"글쎄요. 여동생, 기녀, 이 두 단어를 떠올리면 가슴 한구석이 저려서요."

두런두런 이야기를 나누던 사이 이미 내원에 도착했다.

수레에서 폴짝 뛰어내린 규화가 주머니를 뒤적거리는데 어느새 다가온 따뜻한 손길이 머리를 슬슬 쓰다듬고 있었다.

깜짝 놀라 토끼 눈이 되어 올려다보니, 가면 너머 웃음기가 가득한 표정으로 몽견이 말을 했다.

"돈은 필요 없으니까 어서 들어가세요. 지부장님 화내겠네."

"하지만, 언제나 받았잖아?"

"뭐, 그거야 당시에 급했으니까 그런 거고, 앞으로는 그냥 수레에 올라타세요. 어차피 별로 힘들지도 않으니까요."

그렇게 말하며 역시 수레를 끌고 사라지는 몽견이 손을 흔들며 말했다.

"여자에게 운동은 금물이라면서요. 가녀리고 연약한 다리가 아플 테니 어서 들어가세요."

멀리 사라지는 몽견을 바라보며 규화는 한동안 멍하니 서 있었다.

* * *

오늘은 무엇을 배울까 내원으로 들어가 보니, 소안위가 기다리고 있었다.

평소와는 다르게 곁에는 낯선 남자가 있었는데, 금과 통소를 고슴도치처럼 꿰고 있는 모습을 보며 근자에 이름이 높은 악사라는 것을 떠올렸다.

"규화야, 인사하여라. 기 악사님이시다."

"안녕하세요."

규화의 등을 밀어 앞으로 내보이며 소안위가 기부경에게 소개했다.

"제 뒤를 이을 아이예요."

"하하하. 이른 아침부터 불러내셔서 무슨 일인가 했더니, 제자 자랑이었군요."

제자? 규화는 선뜻 이해가 가지 않았지만, 소안위 앞이라 함부로 입을 열지는 않았다.

기부경은 규화를 찬찬히 살피며 고개를 주억거렸다.

"근골이 좋군요. 아마 쌍검술을 연마한다면 장래에 이름 높은 여협이 될 수 있겠습니다."

이해는 하지 못했지만, 두 사람은 두런거리며 서로 무공이니 뭐니 하는 이야기를 나누었다.

그저 조신하게 서 있었지만, 이내 그마저도 심심해서 눈알만 이리저리 굴리고 있는데 문이 열리며 한 사람이 들어왔다.

"소안위 님, 관부에서 사람이 왔습니다."

환담이 깨져 조금 짜증 어린 어조로 소안위가 되물었다.

"무슨 일인가요?"

"호북도지사가 이 황자를 대동하고 본 루에서 머물 것을 청해 왔습니다."

"이 황자 전하께서?"

뜬금없는 소식이지만, 기부경은 나쁘지 않다는 반응이었다.

"그분이 다녀가신다면 그만큼 루의 이름은 높아지겠지요. 크게 만족하여 현판이라도 하사하신다면 장사의 흉수들이 감히 습격을 할 수도 없을 겁니다."

관과 무림은 불가침이지만, 하오문은 관과 무림에 교묘하게 발을 걸치고 있었다.

무림에서의 혼란을 처리할 능력이 안 된다면, 관의 도움을 받는 것도 좋았다.

"묘책이군요. 당장에 수락하세요."

* * *

사례감에는 오늘도 여지없이 웃음소리가 가득했다.

특히, 기분이 좋은 엄평은 체통도 잊고 탁자를 두들겨 가며 기뻐했는데, 언제나 근엄하고 잔혹 냉혹한 모습만 보는 황궁의 사람들은 생각도 못 할 일이었다.

"먹이가 제대로 떡밥을 물었습니다. 홍홍홍."

"역시 약효가 좋군. 시간을 제대로 맞출 수가 있었다."

"환휼신의가 못 알아보기에 설마 했는데, 하독에 해독까지. 귀신같은 자들입니다."

"이제 황궁도 연회에 정신이 없지. 이제 이 황자가 죽는 일만 남았군."

제사를 성공적으로 끝마친 이 황자의 행동이야 뻔하다.

자축하면서 마음이 해이해질 것이고, 세상이 다 제 것인 줄 알겠지.

동창에서 작정하고 동선을 조작하고, 혹시나 들를 길목마다 손을 써 둔 사실을 안다면 어떤 표정을 지을지 참으로 궁금하기 짝이 없었다.

"무한이라……."

"저희 쪽에서 심어 놓은 도사 하나가 적극 추천했지요. 악가의 여식에 푹 빠진 이 황자가 쾌히 수락했다고 합니다."

"하늘이 나를 돕는군. 혹시나 해서 무한에 공을 들여 포석을 깐 보람이 있었어."

무엇보다 무한에는 그들이 보낸 뛰어난 인재가 있다.

두 겹 세 겹의 함정을 파 두었으니, 죽음은 기정사실이지만, 확실한 게 좋지 않은가 말이다.

다른 곳은 몰라도 무한과 신양에는 특별히 엄밀한 수작을 부려 놓았다.

"발본이 잘해 주면 좋겠구먼."

"이미 식신각주의 신임을 얻어 두었습니다. 식신대전에서 우승을 하지 못했지만 실력이 남다른 터라 어려울 것도 없었습니다. 홍홍홍."

"쾌차를 기원하는 연회가 죽음을 애도하는 곡소리로 바뀌는 일만 남았다. 하하하."

이 황자만 없다면 명분을 잃은 구문제독 따위야 상대도 아니다.

제대로 황자를 보필하지 못한 죄를 추궁해 귀향을 보내 죽일 만한 이유도 충분하도록 이미 손을 써 두었다.

오랜만에 다리를 쭉 뻗고 잘 수 있을 것 같았다.

"이번에야 말로 질긴 악연을 끝낼 때다."

살기 가득한 안광을 번뜩이며 엄평이 살소를 지었다.

그 시각, 하오문도 하나가 당문의 정문을 두들기고 있었다.

보통 대문에 문지기를 두거나 하는 여타 문파와는 달리 당문의 정문은 굳게 닫혀 있었는데, 아무리 두들겨도 열릴 기미가 보이지 않았다.

"끔찍하게 덥군. 이러다가 말라 죽겠다. 빌어먹을."

욕지거리를 내뱉고 있는데 등 뒤에서 섬뜩한 느낌이 들었다.

"무슨 일이냐?"

"허, 헉! 죄, 죄송합니다."

녹의를 입은 무사가 싸늘하게 웃으며 팔짱을 끼고 있었는데, 흰 얼굴에 독사같이 째진 눈이 사람 하나는 눈 하나 깜짝하지 않고 죽일 것처럼 살벌하게 생겼다.

하오문도가 고개를 조아리자 조금 마음이 풀렸는지 남자가 가늘고 붉은 입술을 달싹였다.

"무슨 일로 본 세가를 방문했지?"

"저, 전할 것이 있어서 왔습니다."

"전할 것?"

"다, 당문의 암기가 발견되어 되돌려 드리러 왔습니다."

그제야 사내가 경계의 시선을 거두었다.

가끔 이런 일이 있었다. 당문의 암기를 사사로이 쓰다 걸리면 당가 고수들의 추격을 받는다.

단순히 사용을 하면 손목이 잘리고, 당가의 암기로 당가의 사람을 상하게 하면 사지가 잘린다. 독과 암기를 철저하게 관리를 해 왔기에 지금까지 폐쇄적인 당가가 사천의 한 축으로 존재할 수 있었다.

"이, 이것입니다."

두 손에 고이 바쳐 드는 꾸러미를 심드렁하게 받아든 그가 무미건조한 어조로 답했다.

"당자개다. 무사히 받았으니, 돌아가 고하면 된다."

"다, 당자개. 알겠습니다. 저는 이만."

후다닥 도망치듯 달려가는 하오문도를 보며 당자개가 하품을 했다.

"별 볼 일 없는 놈이었군. 심심하다 심심해. 언제까지 정문을 지키는 벌을 서야 하는 거야? 쯧!"

내심 습격자이기를 바랐을 만큼 지루했던 당자개가 주섬주섬 봇짐을 풀었다.

안에는 조잡한 나비 장식품이 들어 있었다.

화접표는 당문에 흐드러지게 많다.

뭔가 또 당가의 이름에 겁먹은 놈이 쓸데없는 짓을 했구나, 투덜거리던 당자개가 문득 고개를 갸웃거렸다.

보통의 화접표와는 조금 다른 점이 눈에 띄어 자세히 들여다보던 당자개의 두 눈이 부릅떠졌다.

"이, 이, 이, 이건……."

꾸러미를 든 손이 풍을 맞은 양 퍼들퍼들 떨렸다.

독왕이 고안한 특이한 화접표가 아닌가.

문제라면…… 독왕은 절대 이따위로 조잡하게 암기를 만들지 않는다는 말이다. 자신의 이름을 날개에 새겨 넣거나 될수록 화려하게 만든다.

귀한 독왕표 화접표를 건성으로 사용하는 사람은 오직

하나밖에 없다.

"제암마동 진백천!"

그제야 자신에게 암기를 전한 하오문도가 도망친 사실을 깨달은 당자개가 퍼뜩 몸을 떨었다.

당장에 화접표를 구한 연유를 캐내야 한다.

"이런 제길. 인마, 어디 가! 이리 돌아와!"

멀리서 도망가던 하오문도는 독랄한 수법으로 유명한 당자개가 쫓아오자 죽었다고 생각하며 젖 먹던 힘까지 다해 뛰었다.

잡혀 죽는 취미가 없는 탓이었다.

때문에 뒤쫓는 당자개는 어이가 없었다. 서라면 설 것이지 더욱 맹렬히 도망가는 이유는 뭐란 말인가.

"저 자식이 죽고 싶어 환장했구나."

안간힘을 다해 도망가는 하오문도와 죽어라 쫓아가는 당자개의 질주가 한동안 계속되었다.

그날, 당문에서는 수뇌부들이 모여서 자축을 했다.

귀한 암기가 돌아오면 으레 하는 일인데 오늘은 의미가 남달랐다.

당자개에게 마비 독을 당해 말라 죽은 곤충 꼴로 끌려온 하오문도가 전한 소식은, 침울한 당가에게 마른하늘에서 내린 단비나 다름이 없었다.

"하하하! 제암마동이 살아 있었군!"

"죽었다기에 믿기지가 않았지. 그놈이 어떤 놈인데……

경사네, 경사."

"놈이 돌아와야 실전된 암기를 복원할 수 있을 테니 더없이 좋은 일이야."

당가의 수뇌부들이 기뻐하는 이유는 그 말고도 또 있었다.

가문의 수장 두 사람이 제암마동의 죽음으로 축 처져 아예 일을 손에서 놓았는데, 이마저도 해결이 되게 생기지 않았는가 말이다.

"태상 가주님과 가주님이 녀석의 죽음에 평생 꺼리던 술까지 마셨잖아. 살아 있어 다행이다."

"흑사방의 더러운 놈들이 사천에까지 마수를 뻗으려 하는 시기지. 딱 잘 나타나 주었어. 하하!"

화색이 만연한 가운데 전주 하나가 끼어들었다.

"하오문에 몸을 의탁하고 있을 줄은 몰랐군. 어서 사람을 보내서 데려오게 해야겠어."

마비 독에 정신이 오락가락하던 하오문도는 그 길로 당가를 뛰쳐나가 동쪽으로 내달렸다.

그의 품에는 당문 가주의 인장이 찍힌 서신이 고이 담겨 있었다.

뒤도 돌아보지 않고 줄행랑을 치는 하오문도가 악을 썼다.

"빌어먹을 당가. 두 번 다시 오나 봐라!"

눈물까지 흘리며 악을 쓰는 그의 꼴골은 끔찍했나. 보다 빨리 연락을 전하라며 기괴한 독을 먹였는데, 어찌 된 일인지 다리가 멈추지 않는다.

타의로 달리게 된 하오문도는 두 번 다시 사천 땅을 밟지 않겠다고 다짐하며 죽어라 하오문 지부를 향해 뛰었다.

* * *

이 황자의 방문 소식이 알려지자 화정루는 당분간 문을 닫아걸었다.

당금의 황제가 가장 아끼는 자식이자 후일 황제가 될지 모르는 이 황자의 방문인 만큼 만전을 기하기 위함이었다.

평소에는 놀고먹던 하오문의 비밀 무사들까지 나서서 근방을 정리한다고 난리법석을 피웠다.

이렇게 되자 몽견은 할 일이 없어졌다.

짐을 나르는 일도 당분간은 휴식이고, 손님도 받지 못하니 마구간에 갈 일도 없었다.

식사는 직속 황궁 산하 숙수가 준비할 예정이라 건두 또한 잠시 휴식을 가지고 있으니, 식재료를 타 올 일도 없었다.

"아함, 지루하네. 돈도 안 벌리고."

하품을 쩍쩍 하면서 두리번거리며 시간을 죽이고 있는데, 마찬가지로 새끼 기녀라 할 일이 없는 규화가 쪼르르 달려왔다.

"몽견, 여기서 뭐 해? 사람들 일은 안 돕고."

"휴식입니다. 간만에 찾아온 휴식이라고요."

늘어지는 목소리로 머리를 흔드는 몽견을 보며 지나가는

사람들이 화들짝 놀라 물러섰다.

하긴, 눈 주위에 구멍이 뻥 뚫린 쇠 가면을 쓴 멀대 같은 놈이 기괴한 목소리를 중얼거리며 휘적휘적 몸을 저으면 누구라도 당황할 터였다.

급하게 구한 신참들은 아예 삼 장 밖으로 몸을 뺀다.

“심심하면 나랑 놀아 줘.”

심심하지 않습니다. 놀기는 더욱 싫고요.

그렇게 대답하려던 몽견은 어느새 규화를 목마 태우고 있는 자신을 발견했다.

“악! 이럴 수가! 언제 제 목에 올라탄 겁니까? 그 누구도 태운 적 없는 순결한 내 목에!”

비명을 지르는 몽견을 딱한 눈으로 바라보며 규화가 대꾸했다.

“직접 나를 잡아 목마 태운 사람치곤 이상한 반응이네. 뭐, 괜찮아. 재미있으니까. 출발!”

탁탁.

머리를 치던 규화가 머리카락을 말고삐처럼 움켜쥐며 목청 좋게 소리쳤다.

당장에 규화를 내려놓고 일장 훈계를 할 셈이던 몽견은 어느새 머리를 잡아당기는 손길에 따라 네 발로 뛰는 자신을 발견했다.

“이럴 수가! 절망했다! 노예근성이 골수까지 박힌 내 자신에 절망했다!”

과거의 경험 때문인지 몸에 익은 취향 때문인지, 규화라든가, 규화만큼 어린아이라든가, 규화만큼 덤벙거리는 아이를 보면 당장에 몸이 반응하고 마는 몽견이었다.

"이건 병이야."

누가 봐도 병이었고, 자신이 봐도 병이었다.

"어쩐지 과거를 알기가 두려워진단 말이야. 종 노야 말대로 차라리 고리대금업자였기를 바라는 편이 낫겠어."

득시글거리는 외원을 규화를 목에 얹은 채로 걸으며 중얼거리고 있는데, 부역장이 피곤한 표정으로 다가왔다.

"몽견, 시간이 남아도나?"

"글쎄, 돈 생길 일이라면 시간이 남지만 아니라면 바쁩니다."

"썩을 놈. 마침 신참이 들어왔으니 교육 좀 시켜라."

"신입 교육은 제가 맡은 일이 아닌데요?"

똥 씹은 얼굴로 투덜거린 부역장이 품에서 은자를 꺼내 던졌다.

"으와, 은자다. 은자 구경한 지가 얼마야? 오늘은 씀씀이가 크시군요."

몽견의 호들갑에 규화는 깜짝 놀라 머리를 잡았고, 부역장은 한숨을 쉬었다.

"이번에 루에서 거는 기대가 장난이 아니야. 아예 창고를 비울 기세로 돈을 쏟아 낸다고. 대신에 제대로 가르쳐라. 실수라도 하는 날엔 내 목은 물론이고, 네 목도 날아갈 거야. 은자를 황천 가는 노잣돈으로 쓰고 싶지 않으면 세심하게 지도해야 할 거야."

"이 정도 돈이라면 아예 근성 주입까지 가능하겠는데요?"

어린 여아를 목에 얹은 채 철가면을 뒤집어쓴 자신을 슬슬 피하는 신입들을 바라보며, 몽견이 입맛을 다셨다.

그렇게 규화를 목마 태우고 접대에 필요한 이것저것을 가르치며 돌아다니고 있었는데, 문득 뭔가 이질적인 기운이 느껴졌다.

어둡고 칙칙한 기운은 잠자고 있는 내단까지 자극할 정도로 끈적끈적했다.

뇌리를 자극하는 불쾌한 기분에 단번에 몽견의 눈가에서 기광이 번뜩였다.

'뭐지? 누가 나를 자극하는 거냐?'

등골을 오싹하게 만들지 않았으면 착각으로 넘겼을 만큼 기운은 은밀했다.

신입들을 이끌고 간단하게 일을 가르치며 외원을 돌아다녀 보았지만, 다시는 그와 같은 기분을 느끼지 못한 몽견은 규화를 데려다 놓고 슬며시 빠져나왔다.

"이거 뭔가 이상해. 몸이 반응하고 있어."

본능이 경고를 하고 있었다.

뭔가 음험하고 끔찍한 일이 벌어질 전조라는 것을.

외원은 물론이고 특유의 인맥을 동원하여 내원까지 돌아다녔지만, 몽견은 아무것도 발견하지 못했다.

"뭔가 있었는데…… 익숙하면서도 끔찍한 뭔가가 있었는데……."

터벅터벅 발걸음을 옮기던 그는 한 담벼락에서 걸음을 멈추었다.

몽견이 주변을 슥 둘러보았다.

딱히 이상한 점은 없었다.

평소에 보던 담벼락이고, 정원이 아닌가.

"이상하다. 뭔가 익숙한 것을 본 느낌이었는데…… 잘못 느꼈나?"

볼을 긁적이며 신형을 막 돌리려던 그의 시선에 나무에 교묘히 가려진 그늘 아래 그어진 미세한 선이 들어왔다.

지렁이가 기어가는 듯 아무렇게나 그어진 선.

자신의 시선을 한순간에 붙든 것치고는 평범하기 그지없는 하찮은 것이었다.

바로 뇌리를 자극하던 것의 정체였다.

흐음, 턱을 괸 몽견이 벽에 다가가 그림자를 드리우며 자세히 살폈다.

각기 다른 각도와 깊이로 그어진 선이 어느 순간 실이 하나로 모여들어 엉켜들더니 이내 문자를 토해 내는 것이 아닌가.

마치 책자에서 난잡한 일기의 글자들이 녹아들며 숨은 이야기를 꺼내 놓을 때와 같은 광경에 몽견이 화들짝 놀랐다.

"이 황자. 암살. 준비 완료. 독."

글자가 만들어 내는 의미에 아연실색한 가운데 한 가지 단어가 머릿속에서 선명히 그려졌다.

지금까지처럼 잠깐잠깐 떠오르는 기억의 파편이나, 흐릿한 형식의 문자가 아니다.

부를 때면 살기가 가득해지는, 평생을 증오했고 천 번을 죽어도 저주할, 떠올릴 때마다 이가 부득부득 갈리는 그 이름.

"흑사련."

지옥의 마왕처럼 귀기스러운 기운을 철갑처럼 두르며, 몽견이 가면 아래로 더없이 차가운 미소를 지었다.

"이제야 생각났다. 흑사련, 이 거지에게 빌어먹을 자식들. 잘 걸렸구나."

혈전귀견 진백천.

과거의 기억이 돌아오는 순간이자, 인협 진백천의 역습이 시작되는 순간이었다.

(천하제일 이인자 11권에서 계속)

◆본 작품의 의견, 감상을 기다리고 있습니다◆

보내실 곳 _

서울시 구로구 디지털로 26길 111 JnK디지털타워 503호
우편번호 08390
(주) 디앤씨미디어 시드북스 편집부

월영신 작가님 앞
REUM 작가님 앞

월영신 시드북스 저작 리스트

천하제일 이인자 10
천하제일 이인자 9
천하제일 이인자 8
천하제일 이인자 7
천하제일 이인자 6
천하제일 이인자 5
천하제일 이인자 4
천하제일 이인자 3
천하제일 이인자 2
천하제일 이인자 1

천하제일 이인자 10

초판 1쇄 발행 2023년 8월 1일

지은이_ 월영신
발행인_ 최원영
편집장_ 이호준
편집부_ 유석희 송영규 강진경
편집디자인_ 한방울
영업_ 김민원

펴낸곳_ (주) 디앤씨미디어
등록_ 2002년 4월 25일 제 20-260호
주소_ 서울시 구로구 디지털로 26길 111 JnK디지털타워 503호
전화_ 02-333-2513(대표)
팩시밀리_ 02-333-2514
E-mail_ seed_dnc@dncmedia.co.kr
블로그_ blog.naver.com/gnpdl7

ISBN 979-11-6145-511-2 04810
ISBN 979-11-6145-201-2 세트